국어선생은 달팽이

함기석

시인의 말

나의 방에서 시간이 새의 자세로 자고 있다
귀엔 핏물처럼 흘러내리는 꿈

활짝 창을 열자
시간은 두 날개를 펴더니 허공 저편으로 날아간다

대부분 25년 전에 부화된 어린 시들이다
등단작 몇 편을 추가했다

오래전 나의 아픈 몸이었던 말과 사물과 숨결들
안녕! 잘 가라

나는 다시
백지고 어둠이고 머나먼 음역音域이다

2019년 1월

함기석

차례

1부

지붕 위의 염소 11

국어선생은 달팽이 13

사라진 소녀 16

내가 잠들면 19

죽음과 소녀 22

짝사랑 23

죽은 할아버지가 웃었다 27

축구소년 29

새장 속의 소녀 32

사냥놀이 35

주전자 38

가을 소풍 40

거울 속의 소년 42

모자 속엔 벌거벗은 난쟁이가 있다 45

학교 가는 소년 47

산수 시간 50

무서운 놀이 52

2부

사랑   57

천국   59

산책   61

우울이 환상을 낳아요   63

무엇이든 파는 가게   65

그런 밤이 있습니다   67

해골   70

하늘이 아파요   72

천장에 누워 시를 써요   74

고유한 방화범   79

불온한 시   81

맞춤법   83

가 하루는   85

녹색의 시체들이 차례로 일어선다   88

파리 잡기 혹은 파리 잡기라는 놀이   91

3부

비밀번호를 알 수 없는   97

강도와 여인 101

가을밤이다 103

〈나의 책상서랍 속에는〉 속에는 106

우울한 독백 109

방파제에서 113

샤갈의 마을에 눈이 내린다 115

모자가 걸어간다 118

분재나무 122

아버지 124

하얀 새 126

창문 128

4부

나, 불타는 화실 133

그 사내 135

술주정 137

강간당한 책 140

행위 1 142

MISS 권태 145

행위 2 147

우울이 걸어온다 148

행위 3 150

이상한 질문 155

신新 고린도전서식 서울사랑 157

나방에게 희롱당하는 나방 159

엘리베이터를 쏘아라 161

해부도解剖圖 163

우울한 남자가 있다 165

거울과의 싸움 168

9인이 따로 170

9인이 동시에 171

해설

소년 시대, 단일 주체가 사라지는 방식에 대하여 173
— 이수명 시인

1부

지붕 위의 염소

　지붕 위에 앉아 바이올린을 켜는 염소 어두운 다
락방에서 울고 있는 나를 위해 바이올린을 켜는 염
소 내 시는 그 어린 염소가 쓴다 추운 겨울밤 눈 덮
인 들판을 달리다 눈 덮인 기차가 되고 비행기가 되
고 구름이 되는 염소 내 시는 염소가 달리는 마을이
쓰고 마을의 우수가 쓰고 마을 위 높게 뜬 눈 내리
는 밤하늘이 쓴다 한때 내 구두였고 어린 동생이었
던 염소 우울한 날이면 나를 데리고 빠알간 꽃봉오
리 속으로 들어가 하모니카를 불어주던 염소 저녁이
면 굶주린 나를 자전거에 태워 언덕을 달리다 하늘
을 달리다 입으로 물고기를 게워 나에게 먹여주던,
밤마다 별과 달을 훔쳐 와 아파하는 내 누이의 눈
속에 넣어주던 염소 내 시는 그 착한 염소가 쓴다 염
소가 달리는 언덕이 쓰고 언덕 위 버려진 무덤들이
쓴다 눈 내리는 겨울밤 가난한 우리 집을 품고 마을
을 품고 거대한 풍선이 되어 거대한 달걀이 되어 공
중으로 공중으로 올라가던 염소 겨울 내내 우리 집
지붕에 누워 내 따분한 산수책을 씹고 씹어 파아란

깃털의 새로 만들어주던, 밤마다 굴뚝을 타고 들어
와 잠든 아버지의 머리칼과 손가락을 맛있게 뜯어먹
던

국어선생은 달팽이

당나귀 도마뱀 염소, 자 모두 따라 해!
선생이 칠판에 적으며 큰소리로 읽는다
배추머리 소년이 손을 든 채 묻는다
염소를 선생이라 부르면 왜 안 되는 거예요?
선생은 소년의 손바닥을 때리며 닦아세운다
창밖 잔디밭에서 새끼 염소가 소리친다
국어선생은 당나귀
국어선생은 도마뱀
염소는 뒷문을 통해 몰래 교실로 들어간다
선생이 정신없이 칠판에 쓰며 중얼거리는 사이
염소는 아이들을 끌고 운동장으로 도망친다
아이들이 일렬로 염소 꼬리를 잡고 행진하는 동안
국어선생은 칠면조
국어선생은 사마귀
선생이 창문을 활짝 열어젖히며 소리친다
당장 교실로 들어오지 못해? 이 망할 놈들!
아이들은 깔깔대며 더욱 큰소리로 외쳐댄다
국어선생은 주전자

국어선생은 철봉대
염소는 손목시계를 풀어 하늘 높이 던져버린다
왜 시계를 던지는 거야? 배추머리가 묻는다
저기 봐, 시간이 날아가는 게 보이지?
아이들은 일제히 시계를 벗어 공중으로 집어던
진다
갑자기 아이들에게
오전 10시는 오후 4시가 된다
아이들은 기뻐하며 집으로 돌아가기 시작한다
선생이 씩씩거리며 운동장으로 뛰쳐나온다
그 사이, 운동장은 하늘이 되고
시계는 새가 된다
바람은 의자가 되고
나무들은 자동차가 된다
국어선생은 달팽이!
국어선생은 달팽이!
하늘엔 수십 개 의자가 떠다니고
구름 위로 채칵채칵 새들이 날아오른다

구름은 아이들 눈 속으로도 흐르고
바람은 힘껏
국어책과 선생을 하늘 꼭대기로 날려보낸다

사라진 소녀

방에 울고 있는 소녀가 있다
죽은 오빠의 사진을 들고 산수책을 들고
꽃병 속으로 들어간다 꽃병 속엔
오빠가 일하던 목욕탕이 있고 세탁소가 있다

꽃병 속으로 비가 내린다
소녀는 우산도 없이 걷는다
산수책은 눈처럼 녹아 손가락 사이로 흘러내리고
초록의 눈을 가진 나무들이
소녀의 뒤쪽으로 걸어가며 구구단을 왼다
— 칠칠은 목욕탕 칠팔은 세탁소

비가 그친다
소녀의 이마처럼 맑게 개는 하늘
세탁소 위에 무지개를 게워놓는다
죽은 오빠가 무지개에 앉아 하모니카를 불고 있다
소녀는 기뻐하며 무지개를 향해 뛰어간다
바로 그때

방으로 만취한 아빠가 들어온다
사라진 소녀를 찾는다
옷장을 열어본다
가방을 열어본다
서랍을 열어본다
꽃병을 뒤적이며 소리친다
— 너 거기서 뭐 하는 거야? 당장 나와!

소녀는 웃는다 아빠는 소리치고
목욕탕이 웃는다 세탁소가 웃는다
아빠는 화를 내며 꽃병을 깨트린다
순식간에 꽃병 속 도로가 소녀가 조각난다
두 조각난 소녀, 여전히 뛰어가며 웃는다
하반신은 목욕탕을 향해 뛰어가고
상반신은 무지개를 향해 뛰어간다

비 그친 가을 오후, 피를 뚝뚝 흘리며
반 토막의 소녀가 무지개에 올라앉아

— 칠칠은 아버지 칠팔은 개새끼

내가 잠들면

사전은 책상에서 내려와 거실로 나간다 소파에
앉아 깊은 상념에 잠긴다 제 육체를 구성한 말들에
갇혀 죽어가는 자신을 반성하며 담배를 핀다 내가
잠들면

달력 속의 여자는 밤마다 외출을 한다 죽은 애인
을 만나러 묘지로 간다 무덤을 파헤친다 관뚜껑을
연다 달빛 아래 밤늦도록 해골의 그와 함께 춤을 추
다 새벽녘 울면서 돌아온다 내가 잠들면

시계는 방안을 날아다니며 노래를 부르고 책상과
의자는 싸움을 시작한다 책상의 두개골이 깨지고
의자는 코피를 흘린다 서로의 사랑을 확인하기 위해
서로의 존재소멸을 위로하기 위해 그들은 싸운다 내
가 잠들면

책들은 물고기가 되어 방안 가득 푸른 알을 낳고
양초는 밤새도록 자학하며 시를 쓴다 병든 제 육신

을 불태워 춥고 어두운 나의 방을 밝혀준다 계단은
계단에서 고독과 추위에 떨며 아파하고 옥상의 옷
들은 빈 껍데기뿐인 자신의 일생과 먼저 죽은 친구
들의 생을 생각하며 불면에 시달린다 내가 잠들면

거울은 악몽을 꾼다 검은 모래 토해낸다 검은 꽃
검은 나비떼 토해내며 고통과 반란의 검은 시간 토
해내며 악몽에 시달린다 내가 잠들면 거울은 피를
토하고 거울 속의 나는 거울을 빠져나와 지붕 위로
올라간다 굴뚝에 앉아 나팔을 분다 구름과 달과 초
록별들이 쏟아져 나오는 나팔을 분다 머나먼 우주
암흑의 행성에 사는 어린 난쟁이들을 생각하며 쓸
쓸히 나팔을 분다 내가 잠들면

창밖 상처 입은 은행나무는 창문을 열고 들어와
내 곁에 눕는다 지독한 외로움을 견디지 못한 그 어
린 나무 왼팔이 잘려나간 그 착한 나무 떨고 있는
은행나무를 끌어안고 나도 고열에 시달린다 나 점점

지워지고 은행나무 따뜻한 꿈꾼다

  아침에 깨어보면 사물들은 모두 제자리에 있지만
나는 안다 밤새 그들이 얼마나 괴로워했는지 얼마나
방황했고 얼마나 고독했는지 나는 안다 그들도 살아
있음을 치열하게 숨쉬고 번민하고 사랑하고 아파한
다는 것을

죽음과 소녀

나의 손목시계는   (기차)
바늘도 숫자도 없는   (비행기)
이 유리의 관棺 안엔
수다쟁이 소녀가 살고 있는데
지금 몇 시니? 아침에 내가 물으면
깔깔깔 비누 거품 목욕을 하며
                (기차가 기차가 지나가고)
철로변엔 항아리 항아리엔 흰 구름!
지금 몇 시냐니까? 점심에 다시 물으면
두 개의 유방을 살짝살짝 흔들며
                (비행기도 비행기도 지나가고)
구름 위엔 항아리 항아리엔 두개골!
야! 도대체 몇 시냐니까?
신경질을 내며 저녁에 밤에 다시 물으면
                (기차도 비행기도 모래처럼 사라지고)
모래밭엔 딸기코 딸기밭엔 모래코!

무덤가엔 개나리만 까맣게 피어 있지롱

짝사랑

소녀 야보바가
세상에서 가장 좋아한 것은 철봉대
그러나 소녀가 다가가면 철봉대는 달아난다

소녀에게 소년은
손이 닿을 수 없는 높디높은 철봉대
소년은 예쁜 음악 선생만 좋아한다
물 표면에 면도칼을 갈면서
소녀는 욕조에 누워 욕조를 상상한다
선생의 토막시체가 떠 있는 피투성이 욕조
소녀는 밤마다 물속에 누워 기도한다
하나님, 제발 음악 선생을 죽여주세요
그럼 저는 세상에서 가장 착한 아이가 될 거예요

소녀는 밤마다 편지를 쓰며 언어에 매달린다
난간에 매달리고 벼랑에 매달리고
구름에 매달린다
두 팔이 늘어나 철로가 될 때까지

구름 속 철봉대에 매달려 소년의 이름을 부른다

소녀의 철로 위로 코스모스가 피어나고
소년을 닮은 코가 큰 기차가 달릴 때까지
그러나 다음 날 아침이면 소녀는
편지를 찢어 강물에 띄워 보낸다
흘러가는 강물만이 소녀의 슬픔을 알고 있다

소녀는 혼자 그림 놀이를 한다
아름다운 언덕과 하늘을 그린다
꽃밭을 그리고
꽃밭을 달리는 소년을 그린다
바람과 꽃향기 새들의 울음소리도 그린다
소녀는 그림을 바라보며 환하게 웃는다
웃다가는 울먹이며 조각조각 찢는다
그림 속에도 그림 밖에도 소년의 손을 잡고
꽃밭을 달리는 언덕을 달리는
자신은 없었기 때문이다

소년은 전학을 가버린다
앵무새가 말한다
야보바 난 야보바 난 이망방구야 난
소녀는 앵무새의 말을 거꾸로 읽으며
떠나버린 소년의 얼굴을 불러본다
작은 눈물 한 방울을 밤하늘에 던진다
남몰래 쓴 비밀일기장을 불 속에 던진다

앵무새는 소녀에게 방정식을 가르친다
트럼펫 바나나 엉덩이를 세 근으로 하는
알쏭달쏭 사랑의 방정식
하나 더하기 하나가 야구공이 될 때까지

가슴 아픈 첫사랑의 상처가 아물고
소녀는 가끔 물구나무를 서서 밤하늘을 바라본다
그럼 선생은 생선이 되어 고등어가 되어 나타나고
소년은 소녀의 가랑이 밑에서 반짝반짝 웃는다

구름도 달도 소녀의 발아래로 내려와
소녀의 먼 미래를 향해 흘러가는 것이다

죽은 할아버지가 웃었다

할아버지가 죽었다
식구들은 모두 손톱 같은 눈물을 흘렸다
지붕 위 수탉도 사과나무도 배나무도 울었다
소년은 몰래 시신이 모셔진 방으로 들어갔다
조심조심 관뚜껑을 열었다
그러고는 슬쩍, 바지 지퍼를 내리더니
아직 덜 익은 고추를 뚝 떼어
할아버지 입속에 넣어주는 것이었다
가슴에서 구름과 해와 달을 꺼내
어두운 관 속에 넣어주는 것이었다 그때였다
죽은 할아버지가 웃었다
칠면조처럼 웃으며 소년에게 말했다
이제 이 할아빈 지옥이라도 갈 수 있을 것 같구나
잠시 후 소년은 방을 뛰쳐나갔다
사과나무 아래로 달려가더니 사과나무와 함께
엉엉 소리 내어 우는 것이었다
비 내리던 그날, 소년의 울음소릴 뒤로하고
죽은 할아버진 예쁜 꽃무늬 우산을 받쳐 들고

즐겁게 무덤 속으로 걸어 들어갔다

축구소년

소년의 주특기는 빠른 땅볼이다. 새를 기르던
소녀 앞에서 멋진 슛을 날리면 날릴수록
공은 늘 담장 위로 도망치며 소년을 배신했지만
소년의 꿈은 최고의 축구선수가 되는 거다 그래서

소년은 무엇이든 차버린다
소년은 책상을 찬다 책상은 발을 아파한다
소년은 국어책을 찬다 국어책은
교실 유리창을 깨고 겨드랑이에 떨어져 소년을 읽
는다
소년은 시계를 찬다
시계는 손목에 떨어져 소년의 내일을 아파한다
하얗게 타들어 가던 겨울 하늘을 아파한다
불기둥 사이 예쁘게 발광하던 소녀를 아파한다
소년은 구두를 찬다 아니
구두가 소년을 차버리고 소년을 가둔다

소년은 힘껏 가난을 차버린다

가난은 골대에 정면으로 맞고 튀어나와
소년의 얼굴을 더 세게 때린다
코피를 닦으며 소년은 아빠를 차버린다
아빠는 포물선을 그리며 술병 속으로 똑 떨어진다
술병은 아빠를 아파한다 소년은 새벽마다
아빠의 늑골 사이에서 울려 나오는 삽질 소릴 아
파한다
술병 속으로 석탄을 실은 화물열차가 연달아 들
어가고
만취한 아빠는 비틀비틀 어두운 술병을 걸어나
온다

운동장은 한 장의 낡은 지폐, 허리가 찢겨 있다
소년은 울먹이며 허공으로 제 머리를 차올린다
머리는 살짝 구름에 걸려 떨어지지 않는다
구름 뒤로 흰 부리의 새떼가 날아오르고
운동장으로 수천의 깃털들이 떨어진다

눈 내리는 겨울 저녁
머리 없는 소년이 운동장을 뛰어다닌다
목에 축구공을 붙이고 천막집으로 돌아가는
소년의 내부에 공의 내부보다 캄캄하게 휘어진
아빠의 금 간 어깨뼈가 달그락 흔들리고
소녀를 닮은 삼층집이 아파하며 커 오른다

밤새도록 눈이 차오르는 겨울 하늘 아래
펄럭이는 지붕 소릴 들으며 뒤척이는 소년
소년의 앙상한 등줄기를 밟고 캄캄한 머릿속으로
새들이 차례로 등불을 들고 걸어 들어간다
소년은 겨우 발가락 끝까지 환해지며 잠이 든다

새장 속의 소녀

피 흘리는 구름 하나 창살에 걸려 있다
먹이통 옆 시체와 관이 놓여 있고
소녀는 자꾸만 죽은 엄마를 흔들어 깨우며 운다

새장 밖 하늘은 눈이 부시도록 푸르르다
새들이 즐겁게 나팔을 불며 날아다닌다
나팔 속에선 나팔 속에선
시퍼런 강물이 쏟아져나오고
수천의 금붕어 떼가 쏟아져나오고
수천의 포도알들이 쏟아져나온다

소녀는 부러진 날개를 만져본다
울먹이며 엄마가 읽어주던 동화책을 펼친다
코스모스 만발한 언덕이 나타난다
해바라기 만발한 언덕이 나타난다
꽃들이 손을 흔들며 동요를 부르며 소녀를 부른다
소녀는 죽은 엄마를 안고 관을 안고
언덕으로 걸어 들어간다

포도나무가 다가와 말한다
감나무가 다가와 소녀에게 말한다
여긴 날마다 날마다 언덕 위로
구름은 쏟아져 아이스크림이 되고
나뭇잎은 쏟아져 금붕어가 되는 나라야
네가 만지면 네가 만지면
관은 그대로 새가 되는 곳
구두는 날아가는 배가 되고
새장은 그대로 물이 되어 버리는 나라야

소녀는 웃는다
감나무처럼 웃으며 언덕 위로 달려간다
관을 타고 구두를 타고
가볍게 가볍게 언덕 위 창공으로 날아오른다
포도나무가 웃는다 감나무가 웃는다
꽃들이 웃고 언덕이 웃고
죽은 엄마가 손을 흔들며 해바라기처럼 웃는다

바람도 구름도 웃고 창공엔
금붕어 떼가 빠알간 부채처럼 펼쳐진다

사냥놀이

예리한 총성이었다
피를 토하며 염소가 즉사했다
풀밭은 한 장의 거대한 백색 손수건
시뻘겋게 물들어가고 있었다
어린 도토리나무가 말했다 참새가 말했다
— 어른들 짓이야 지금은 사냥철이잖아 개새끼들

소년과 함께 풀밭에 누워
구구단을 외던 염소
꼭 한번 하늘을 날아보고 싶다며
비행기처럼 웃던
멸치처럼 웃던 염소
그 착하고 어린 염소가 살해되었다

소년은 자꾸만 염소가 그리워졌다
눈 내리는 놀이터로 갔다
어어 거기 염소가 눈을 뒤집어쓴 채 서 있었다
소년은 기뻐하며 달려가 염소의 손을 잡았다

그러나 그건 죽은 나뭇가지였다
등 뒤에서 자꾸만 염소의 웃음소리가 들렸다
소년은 얼른 뒤돌아보았다
검은 천막이 바람에 펄럭이고 있었다

경찰관이 지나가며 말했다
— 임마! 그만 잊어버려, 별일 아니잖아
어른들이 말했다 모두 다
염소고기를 씹으며 소년에게 말했다
— 난 모르는 일이야 난 총을 쏠 줄도 모르는걸
눈 덮인 미끄럼틀이 소리쳤다
농구대가 소리쳤다
— 거짓말 마! 이 더럽고 비열한 놈들아

겨울이었다 풀밭엔 풀밭이 있었고
살해된 염소의 핏자국이 있었다
살해된 자는 있으나 살해한 자는 없는
추악한 어른들의 세계가 있었다

밤마다 눈 내리는 놀이터에 앉아 한 장씩 한 장씩
도덕책을 불태우던 소년이 있었다

주전자

염소가 죽었다
소년은 염소의 시체를 끌어안고 눈물을 흘렸다
대문 옆 칠면조도 살구나무도 눈물을 흘렸다

소년은 살구나무를 업고 주전자 속으로 들어갔다
그곳엔 아름다운 풀밭이 있었다
소년은 풀밭에 누워 밤하늘을 바라보았다
구름이 달이 소년의 허리까지 내려와 웃어주었다
새들이 살구나무로 날아와 노래를 불러주었다
풀밭 끝에서 염소가 걸어왔다
소년을 무릎에 눕히고는 트럼펫을 불어주었다
빗자루에 관한 동화책을 읽어주었다
욕쟁이 빗자루 시집 못 간 빗자루
소년이 웃었다
살구나무가 웃었다

그 사이, 엄마가 주전자를 들고 주방으로 갔다
주전자에 물을 부었다 뚜껑을 닫았다

가스레인지에 올려놓고는 불을 붙였다
새들이 비명을 지르며 주전자 밖으로 도망쳤다
구름도 달도 도망쳤다

끓고 있는 주전자 속에서
소년이 소리쳤다 살구나무가 소리쳤다
제발 불 좀 꺼주세요 밖에 아무도 없어요?
식구들은 아무도 알아듣지 못했다
아빠가 텅 빈 염소 우리를 불태우던 저녁
주전자 속에서 소년이 죽어가고 있었다
살구나무가 죽어가고 있었다

가을 소풍

　바람 따라 꽃들이 나무들이 흔들리는 가을밤 고양이 울음소릴 내며 흔들리는 가을밤 한 소년이 들어간다 포크와 나이프를 들고 들어간다 만취해 잠든 아버지의 방으로 들어간다 검은 이빨 검은 손톱의 굶주린 소년, 소년은 아버지의 목덜미에 쇠 빨대를 꽂고는 빨아먹기 시작한다 아버지의 몸속 모든 피와 내장을 빨아먹는다 노오란 뇌수를 빨아먹는다 아버지의 육체 가득 흔들리는 강물과 구름을 빨아먹는다 아버지의 손과 귀와 성기를 토막토막 잘라먹으며 악마처럼 웃는다 가을밤 창밖 은사시나무들이 미친년처럼 웃고 있는 가을밤, 소년은 가죽 푸대처럼 쪼그라든 아버지의 몸속 가득 톱밥을 채워 넣는다 솜과 벌레의 유충들을 채워 넣으며 박제를 만든다 박제가 된 아버지를 둘러메고 마당으로 나간다 무덤을 판다 아버지를 묻는다 피 묻은 포크와 나이프를 묻는다 달을 묻고 밤하늘을 묻고 벌레 먹은 아버지의 일생을 묻는다 무덤 속에서 검은 파리 떼가 날아오른다 검은 나방들이 날아오른다 소년의 머

리 위를 맴돌다 어둠 속으로 날아간다 소년은 지붕
위로 올라간다 피 묻은 입술을 닦으며 소리 없이 운
다 도려낸 아버지의 검은 눈알 두 개를 밤하늘에 던
지며 울음 운다 다음날 아침 일찍 소년은 소풍을 간
다 어린 당나귀와 함께 사과나무와 함께 소풍을 간
다 언덕 꼭대기에 앉아 즐겁게 점심을 먹는다 당나
귀가 맛있게 맛있게 만두를 먹는다 아버지의 살코
기로 만든 만두를 먹는다 소년은 구름을 먹고 사과
나무는 춤을 추며 춤을 추며 언덕을 뛰어다니며 언
덕을 먹는다

거울 속의 소년

지붕이 불타올랐다 불에 타 비명하는
누이를 실은 앰뷸런스가 응급실로 달려가고
소년이 놀이터에서 검은 연기 보며 울고 있었다
미끄럼틀 위 고양이가 돌을 던지며 소리쳤다
— 너의 집은 감옥이야 피 흘리는 거대한 새장이야
모조리 불태워버려야 해!

놀이터 가득 개나리가 피어났다
꽃들은 노오랗게 비명하는 누이의 입술
봄비가 내리던 밤
소년은 하얀 마스크를 쓰고 고양이를 죽였다
피 묻은 칼을 하수구에 던졌다
기차가 기차가 지나갔다
핏물이 하수관을 타고 흐르고
누이의 등뼈를 닮은 기차가 밤하늘로 지나갔다

소년은 외톨이
누이의 무덤 위에 새끼손가락 잘라 던져주고

밤늦도록 혼자서 시소를 탔다

아이들이 검은 고양이 가면을 쓰고 소년을 덮쳤다
소년을 하수구에 던졌다
소년의 봄을 하수구에 던지며 소리쳤다
— 저리 꺼져 참새새끼야! 여긴 우리 구역이야

소년은 의자처럼 우울했다
그런 날이면 소년은 한 송이 개나리를 살해했다
죽은 개나리꽃 입에 물고 거울에 갔다
거울 속의 소년을 찾아갔다
거울 속엔 피 흘리는 꽃들이 없었다
비명하는 하늘도 무너진 집도 응급실도 없었다
거울 속은 언제나 평온했고 고요했지만
거울 속의 소년도 몹시 외로워했다

환각제 같은 봄이었다
기차가 기차가 구름 위로 달리고

광대뼈에 빨간 소독약을 바른 소년이
거울 속 왼손잡이 소년과 깔깔거리고 있었다

모자 속엔 벌거벗은 난쟁이가 있다

옷장이 꽃병이 되고 시계가 소파가 되는 방이 있다 어느 소년의 방이 있다 그 방에선 사물들이 마구 뒤바뀐다 침대는 그림 구두는 물컵이 된다 욕실은 모자가 되고 식탁은 변기가 된다 방금 모자에서 나온 알몸의 그가 시계에 앉아 말한다

나는 밤새도록 그림 속에 잠들어 있어요 아침 여섯 시가 되면 벽에 걸린 소파가 울리죠 그럼 나는 즉각 그림 속에서 튀어나옵니다 이불을 접어 꽃병에 차곡차곡 넣고는 구두로 냉수를 마십니다 건강을 위해서죠 일곱 시엔 알몸으로 모자 속으로 들어가 샤워를 합니다 모자 속엔 관을 닮은 하얀 욕조가 있어요 그곳에 시체처럼 누워 시체 같을 하루를 생각해보죠 똑같은 교실 똑같은 선생 로봇이 되어가는 내 친구들 샤워가 끝나면 모자에서 나와 변기에 앉습니다 변기에 앉아 거울을 뒤적이며 아침을 먹습니다 이상해요 거울을 보면 거울 속의 나는 보이지 않고 황폐한 사막이 하나 보여요 죽은 짐승들의 뼈와 내

친구들의 두개골이 굴러다니는 하얀 모래언덕이 보여요 여덟 시가 되면 꽃병에서 옷을 꺼내 입습니다 가방을 꺼내 왼손에 듭니다 그러고는 반짝이는 물컵을 신고 가볍게 학교로 갑니다

　나의 하루는 이렇게 시작되죠 바쁘지 않으시면 오늘 저녁에 제 방에 놀러 오세요 그럼 당신에게 주전자를 선물하겠어요 주전자는 끓고 있는 내 마음이니까요 장난감 비행기도 드리겠어요 비행기는 지친 당신을 태우고 광장 위로 구름 위로 날아가고 싶은 내 마음이니까요 아주 신나고 재밌는 동화책도 한 권 드리겠어요 보고 싶은 당신 꼭 오세요 저와 함께 변기에 앉아 맛있는 생선요리를 먹어요 크림수프를 먹어요

학교 가는 소년

소년은 매일 반복되는 단조로운 하루가 싫다
소년은 여러 가지 사물이 되어본다
변기는 일곱 시에 침대에서 일어난다
구두는 욕실에서 알몸으로 샤워를 한다
소년은 소년의 짝꿍 바바를 싫어한다
바바는 물이 끓는 주전자 같다
바바는 언제나 펄펄 끓으며 화를 낸다
소년은 주전자 속에서 햄버거를 먹으며 중얼거린다
바바는 물 빠진 주전자야
전화기처럼 울어대는 앵무새를 닮았어
소년은 주전자에서 나와 현관으로 간다
소년은 작문 숙제 학교 가는 소년이 걱정이다
소년의 얼굴이 어둡다 다리가 캄캄하다
소년은 무거운 가방을 들고 대문을 나선다
소년은 대문을 나서며 형용사를 바꾸어 본다
소년의 얼굴이 밝다 다리가 환하다
소년은 가벼운 가방을 들고 대문을 나선다
하루가 지겨운 소년은 하루가 즐거운 소년이 된다

소년은 환히 웃으며 하늘과 땅을 바꾸어 본다
갑자기, 자동차들이 하늘로 달리고
비행기와 새들이 땅속 깊은 곳으로 날아다닌다
구름은 땅으로 흐르고
나무와 꽃들의 뿌리는 허공으로 자라 오른다
소년은 콧노래를 부르며 하늘로 뛰어간다
구름 뒤로 파란 지붕의 학교가 보인다
소년은 하늘 꼭대기에 있는 교문으로 들어간다
정말 꿈만 같아! 외치며 소년은 교실로 들어간다
바바가 주전자를 노려보며 큰소리로 말한다
야 지각 대장! 오늘은 웬일로 이렇게 일찍 왔어?
소년은 천장을 가리키며 조용히 말한다
주전자는 주전자야
바바는 신경질을 내며 작문 숙제를 쓰기 시작한다
학교 가는 소년은 잠꾸러기 지각 대장 내 짝꿍
염소
염소는 아침마다
구두를 신고 대문을 나선다

가방을 들고 대문을 나선다

염소는 대문을 나서며 동사를 바꾸어 본다

염소는 아침마다

구두를 먹고 대문을 나선다

가방을 쓰고 대문을 나선다

염소가 사라진 빈방에서

창문과 물고기와 의자가 깔깔거리며 중얼거린다

미친놈, 오늘도 또 지각이겠군!

소년도 툴툴거리며 작문 숙제를 써나가고 있다

학교 가는 소년은 이상한 염소를 기른다

염소는 빨간 리본을 맨 드럼통처럼 뛰어다닌다

염소는 소화기보다도 고집불통이다

염소는 내숭쟁이 내 짝꿍 바바다

다 쓴 소년은 학교 가는 소년을 들고 일어난다

바바에게 큰소리로 첫 줄과 끝줄을 동시에 읽어

준다

소년은 매일 반복되는 단조로운 하루가 싫다

산수 시간

삼삼은 9 삼사는 12 삼오는 15
자 아무 생각 말고 따라 해 봐! 선생이 말한다
교실 밖으로 새끼앵무새가 날아다닌다
아이들이 새를 바라보며 중얼거린다
제발 우리 좀 구해줘, 여긴 감옥 같아

새는 창문을 넘어 교실로 날아든다
금붕어 소년이 재빨리 새를 가방에 감춘다
선생이 소년에게 묻는다. 삼삼은 얼마지?
파란 하늘이다 앵무새가 대답한다
왜 대답을 않는 거지? 어서 말을 해봐!
삼삼은 금붕어가 날고 싶은 하늘이에요
선생이 회초리를 흔들며 다시 묻는다. 얼마라구?
앵무새가 큰소리로 말한다
삼삼은 아무것도 아니야 구도 팔도 다리도 아니야
삼삼은 앵무새야 당나귀야 산수 선생이야

새소리가 교실 가득 울려 퍼진다

아이들이 새소리에 따라 합창하기 시작한다
삼삼은 앵무새 삼사는 지하철
요 말썽꾸러기 놈들!
선생이 씩씩거리며 교단을 오가는 동안
삼오는 흰 구름 삼육은 자전거
유리창은 모래밭이 되고
천장은 하늘이 되어 둥글게 둥글게 솟아오른다
칠판은 벼랑이 되고
책상은 물고기가 되고
아이들은 구름을 통과하는 비행기가 된다
삼칠은 선인장 삼팔은 코뿔소
선생이 귀를 틀어막으며 교실을 나가버린다
벽들은 물이 되어 흘러내리고 아이들이
하늘과 땅을 자유롭게 날아다니며 뛰어놀기 시작
한다

무서운 놀이

하얀 자루를 든 소녀가 놀이터로 간다 아이들을
만난다 모닥불 가에 모여 검은 관을 만드는 아이들
을 만난다 파란 이마 파란 입술의 아이들 소녀는 들
고 온 자루를 바닥에 쏟는다 꿈틀대는 뱀과 붉은 달
이 쏟아진다 아이들은 즉각 톱으로 몽둥이로 뱀을
죽인다 닭을 죽인다 뱀의 머리를 잘라 불 속에 던진
다 닭의 머리를 잘라 불 속에 던진다 캄캄한 밤 목
없는 닭이 피를 토하며 놀이터를 뛰어다니고 아이들
은 죽은 달처럼 웃으며 장송곡을 부른다 한 소년이
뱀의 껍질을 벗겨 불 속에 던진다 비명하는 닭의 날
개를 잘라 불 속에 던진다 소녀는 죽은 뱀과 닭의 몸
통을 하얀 천으로 싼다 관에 넣고 못질한다 아이들
이 삽으로 웅덩이를 판다 무덤을 판다 관을 파묻고
는 무덤 위에 하얀 꽃잎을 뿌린다 휘발유를 뿌린다
소녀가 무덤 위에 성냥불을 던진다 순식간에 무덤
은 빙산처럼 불타오르고 아이들은 손에 손을 잡고
춤추기 시작한다 둥글게 둥글게 무덤을 돌며 큰소
리로 장송곡을 부른다 한 염소 머리 소년이 뱀춤을
추며 소녀에게 말한다 정말 즐거웠어 이렇게 재밌는

네 아빠와 엄마의 장례식에 초대해줘서 정말 기뻐

2부

사랑

캄캄한 겨울밤, 너의 방 지붕에서
한 소년의 시체가 비명을 지르며 너를 부르거든
놀라지 마라
그것은 밤하늘이니
밤마다 밤마다 너를 부르다
새까맣게 타죽은 나의 가슴이니

그 암흑의 하늘로
피 묻은 칼들이 날아가고
피 흘리는 손가락들이 날아가고
흰 머리칼 풀어헤친 백발의 권총이 날아가더라도
방문을 잠그고 두려움에 떨지는 말아다오
그것 또한 밤마다 밤마다 너에게로 날아가는
아파하는 나의 마음이니

눈 내리는 겨울 아침, 너의 방 창가로
두 개의 하얀 해골이 배달되거든 놀라지 마라
그것은 너에게로 보내는 나의 사랑이니

하나는 구름이고 하나는 태양이니

천국

네가 그리운 날
나는 하늘을 보지
그럼 하늘에선 모자들이 쏟아지고
파아란 장화들이 쏟아지지
모자도 장화도 다 너의 웃음소리니까
하늘에선 기차도 쏟아지지
너와 함께 달리던 아카시아 숲도 쏟아지고
너와 함께 기르던 금붕어도 쏟아지지
너의 눈처럼 맑디맑은 하늘에선
달걀들도 쏟아지지
달걀들은 너와 내가 나눈 사랑의 밀어니까
네가 그리운 날
아무도 없는 공원 풀밭에 누워
나는 하늘을 보지
그럼 하늘에선
금빛 나팔들이 쏟아지고
금빛 사과들이 쏟아지지
네 손을 닮은 구름도 쏟아지고

네 발을 닮은 태양도 쏟아지지
네가 몹시 그리운 날
꽃들이 죽어가는 공원에 누워
나는 있는 힘껏 하늘로 던지지
내가 가장 아끼던 장갑을 던지지
내가 가장 아끼던 구두를 던지지
그럼
장갑은 비둘기가 되고
구두는 비행기가 되어
하늘 꼭대기로 하늘 꼭대기로 날아가지
하늘엔 네가 있으니까
나보다 먼저
천국으로 간 네가 있으니까
나만 홀로 지상에 남겨둔 채
천국으로 가버린 네가 있으니까

산책

외롭고 고달플 때 나는 산책하지
언어를 입고
언어를 주머니에 넣고
나는 홀로 공원을 산책하지
언어는 나의 외투
언어는 나의 상처 난 손이니까
공원엔 병들어 죽어가는 언어들이 있지
공원에서 언어는 울고 시들고 말라가지
언어는 새
언어는 꽃
언어는 텅 빈 벤치니까
공원에서 나는 암에 걸린 은행나무도 만나지
가난한 무지개
가출한 구름도 만나고
아파하며 울고 있는 우체통도 만나지
내가 쓸쓸히 공원을 방황할 때
우체통은 나에게 다가와
한 장의 엽서를 건네주지

엽서 속엔
하얗게 타버린 들판
하얗게 피 흘리는 하늘이 보이지
하얗게 얼어붙은 아이들이 보이고
하얗게 죽어 있는 새들의 시체도 보이지
내가 우울하게 엽서를 읽는 동안
우체통은 나의 귀에 대고 속삭이지
엽서는 너의 내면이야 시야 거울이야
외롭고 고달플 때 나는 산책하지
삶이 내 머리 위의 거대한 똥덩어리로 느껴질 때
삶이 자꾸만 내 꿈을 배반하고 나를 조롱할 때
나는 쓸쓸히 공원을 산책하지
엽서를 찢어
조각조각 엽서를 찢어
내 눈물과 함께 허공에 뿌리며
나는 홀로 공원을 산책하지

우울이 환상을 낳아요

　우울한 날 옷장을 열어요 그럼 바다가 보여요 5월의 비 내리는 바다가 보여요 늙은 외항선이 담배를 피며 지나가는 바다가 보여요 나는 얼른 바다를 꺼내 액자에 넣어요 응접실 벽에 걸어놓아요 내가 죽은 친구들을 생각하는 동안 액자에선 바다의 울음소리가 흘러나와요 등줄기가 아름다운 금붕어들이 연기처럼 흘러나와 내 머리 위로 날아다녀요 춤을 추며 춤을 추며 응접실 가득 헤엄쳐다녀요 죽은 아이들의 목소리로 동요를 불러주어요 그 아름다운 노랫소리에 내 눈엔 자꾸만 검은 비가 내려요 그럼 나도 한 마리 금붕어가 되어 벽에 걸린 바다 속으로 들어가요 깊이 깊이 들어가 푸른 물고기 비늘로 뒤덮인 용궁을 보아요 빨간 머리칼의 인어들과 오래오래 헤엄쳐 다녀요

　우울한 날 거울도 보아요 그럼 나는 보이지 않고 백색의 피로 뒤덮인 놀이터만 보여요 담장 가득 죽은 뱀과 인간의 창자가 널려 있는 정오의 놀이터가

보여요 하늘 한복판에서 태양은 피를 토하며 비명하
고 흰 구름 하나 외눈박이 소년과 시소를 타요 구름
은 자꾸만 장송곡을 부르고 소년은 무서워하며 울
어요 그럼 나는 얼른 거울 속으로 뛰어들어가요 소
년을 안고 장난감 가게로 달려가요 아름다운 눈알을
선물해요 숨쉬는 상자를 선물해요 사과를 넣고 주
문을 외면 염소가 걸어나오는 착한 상자를 선물해요
벽돌을 집어넣으면 비행기가 날아오르는 한 줌의 모
래를 집어넣으면 수천 마리 잠자리 떼가 날아오르는

무엇이든 파는 가게

구두를 벗어주면 구름을 파는 양말을 벗어주면
양배추를 파는 아름다운 가게가 있어요 여주인은
아주 예뻐요 꽁치처럼 예뻐요 당신이 시계를 벗어
주면 주전자를 팔아요 뚜껑을 열면 천 년 전의 초원
과 하늘이 보이는 아라비아 주전자를 팔아요 당신이
두 눈을 뽑아주면 맑고 투명한 아이의 눈알을 팔아
요 해도 팔고 달도 팔아요 구름으로 만든 소파도 팔
아요 한 칸 한 칸 서랍을 열 때마다 당신의 꿈이 보
이는 책상도 팔아요 당신이 그림자를 벗어주면 새를
팔아요 지친 당신을 태우고 창공으로 높이높이 날아
가는 날개 달린 빗자루도 팔아요 봄도 팔고 봄밤의
라일락 꽃향기도 팔아요 한 알만 먹으면 우울도 불
면도 일순간에 사라지는 알사탕도 팔아요 에드바르
트 뭉크가 쓰던 피 흘리는 붓도 팔고 그의 잘린 손도
팔아요 시간도 팔고 죽음도 팔아요 해골도 팔고 성
기도 팔아요 관도 팔아요 그런 가게가 있어요 동해
안에 있어요 바닷가 자살 바위 아래에 있어요 파헤
쳐진 시체처럼 있어요 이번 주말에 갈 거예요 혼자

서 갈 거예요 기차 타고 갈 거예요 염소 타고 갈 거예
요

그런 밤이 있습니다

내 안에 살인자가 있습니다 밤마다 당신의 사진을 보며 칼을 가는 무서운 살인청부업자가 있습니다 그는 당신을 생각하며 어항의 물고기들을 토막 내 죽입니다 방바닥의 개미들과 꽃들을 불에 태워 죽입니다 단 한순간이라도 당신을 증오하지 않고는 숨을 쉴 수가 없기 때문입니다 내 안엔 또한 어둡고 음산한 동굴이 있어 밤마다 몸을 뒤틀며 울부짖습니다 오늘밤 당신의 목에서 피를 빨아먹을지도 모를 흡혈박쥐들이 날아다닙니다 내 안에 악마가 숨 쉬고 있습니다 날마다 거대한 전갈로 거대한 대포로 독뱀으로 변신하는 악마가 있습니다 언제나 내 육체의 감옥에서 튀어나와 당신에게 달려가려 합니다 나는 내 안의 악마가 두렵습니다

내 안에 하얀 염소가 있습니다 당신이 그리울 때면 풀밭에 누워 달걀을 낳는 어리디어린 염소가 있습니다 달걀 속에선 노오란 나비들이 날아오릅니다 나비들은 나의 마음 밤마다 당신이 잠든 창가로 날

아갑니다 당신의 꿈속까지 날아가 당신과 함께 춤
춥니다 단 한순간이라도 당신을 사랑하지 않고는 질
식해 죽어버릴 것만 같기 때문입니다 내 안엔 미쳐
버린 꽃밭도 있습니다 당신이 생각날 때마다 꽃들은
피를 토하며 몸부림치고 새와 나무와 곤충들은 당
신의 이름을 부르며 하얗게 실신합니다 그때마다 구
름은 웃고 하늘은 슬쩍슬쩍 속치마를 걷어올립니다
내 안에 꿈꾸는 천사가 있습니다 밤마다 옥수수로
개구리로 타이어로 모습을 바꾸는 어린 천사가 있습
니다 언제나 내 육체의 감옥에서 튀어나와 당신에게
달려가려 합니다 나는 내 안의 천사도 두렵습니다

　　나는 파헤쳐진 들판, 피와 얼음으로 뒤덮인 황량
한 들판입니다 내 안에는 천사와 악마의 싸움이 끊
이질 않습니다 그때마다 나는 불면과 악몽에 시달립
니다 나의 마음은 헝겊처럼 찢어지고 내 몸속의 혈
관들은 도화선처럼 타들어 갑니다 나는 불타는 숲,
두 개의 수직 벼랑을 가진 타오르는 숲입니다 사랑했

던 사람들이 하나둘 나를 떠나갑니다 다시는 돌아
오지 않습니다 그때마다 나는 내가 저지른 삶의 죄
악과 위선의 탑을 생각하며 눈물을 흘립니다 그런
밤이 있습니다 삶과 문학 사랑과 증오 인간과 언어
와 세계의 실체란 무엇일까 아무리 생각해봐도 한마
디의 답도 할 수 없는 우울한 밤이 있습니다 더러워
진 내 육신의 뼈와 살을 갈아 내 눈물과 함께 하늘
에 뿌리고 싶은 그런 밤이 있습니다

해골

밤마다 나의 창가로 어린 새가 날아온다
상처 난 부리에 까아만 언어를 물고

나는 새가 물고 온 언어에
내 영혼의 피즙과 눈물을 묻혀
하얀 종이 위에 빵으로 된 집을 짓는다
빵으로 된 정원에 빵으로 된 나무를 심는다
해와 달이 열리는 아름다운 나무를 심는다
물고기가 열리고 노오란 알약들이 주렁주렁 열
리는
약국 같은 나무를 심는다 나무 아래엔 샘을 판다
강물과 구름과 벌거벗은 아이들이
펑펑 쏟아져나오는 마르지 않는 샘을 판다
그리고는 가장 높은 나뭇가지를 골라
양털로 된 새의 둥지를 만들어 놓는다 그럼
절망과 비탄에 잠겨 있던 집 없는 어린 새는
배고픈 짐승들과 벌레들 바람과 하늘을 데리고

정원으로 날아와 정원과 논다
벌거벗은 아이들과 즐겁게 뛰어놀며 정원을 먹는다
그러다 새벽이 오고 아침이 오면
얼른 둥지 속으로 날아 들어가 나를 닮은
하얀 해골을 하나 낳아놓고는 내 심장을 뚫고
허공으로 허공으로 날아가 버린다

하늘이 아파요

눈 내리는 날 눈이 아파요 머리가 아파요 그래서
놀아요 언어와 놀이터에서 놀아요 미끄럼틀을 타며
놀아요 눈사람과 시소를 타며 놀아요 바람과 술래
잡기를 하며 놀아요 내가 의자로 나팔을 불며 노는
동안 새들도 나무들도 집들도 놀아요 줄넘기를 하
며 놀아요 고무줄놀이를 하며 놀아요 눈 내리는 날
나는 보아요 꽃피는 연필을 보아요 면도 중인 바다
를 보아요 보수공사 중인 여자도 보고 하늘의 항문
도 보아요 그 꿈틀거리는 괄약근을 보아요 눈 내리
는 날 나의 놀이는 고독한 자살 놀이고 위험한 탈옥
놀이예요 총을 든 간수와의 싸움이고 칼을 든 시간
과의 싸움이에요 함기석과 함께 사다리를 타고 구
름 위로 올라가는 놀이고 거기서 물구나무를 선 채
지구 반대편을 바라보는 놀이고 거기서 그를 땅바닥
으로 떨어트려 죽이는 놀이고 죽은 그를 살려냈다가
다시 목졸라 죽이는 무서운 놀이예요 눈 내리는 날
나는 언어와 놀다 언어를 죽여요 바다를 죽여요 창
공을 죽여요 태양을 죽여요 그럼 바다는 컵처럼 피

를 토하며 죽어가고 하늘은 종이처럼 불타오르며 죽
어가요 아니 아니 언어가 나를 죽여요 내 안의 바다
를 죽여요 하늘과 태양을 죽여요

천장에 누워 시를 써요

외롭고 고독한 날 천장에 누워 시를 써요 내가 쓸
쓸히 시를 쓰는 동안 나의 구두는 홀로 산책을 나가
요 하나는 공원으로 가고 하나는 광장으로 가요 새
벽이 되어도 돌아오지 않아요

외롭고 고독한 날 지붕 위로 올라가 하늘을 날아
다니는 흰 고래들을 구경해요 거대한 빙산들을 구
경해요 쓸쓸히 바람만 부는 날 내 비행기는 사과를
깎아요 바다를 깎아요 돌을 깎아 나무를 깎아 태양
을 만들어요 물렁물렁한 시계를 만들어요 내 손톱
을 깎아 의자를 만들고 내 늑골을 깎아 묘비를 만들
어요 당신의 자전거는 자유롭게 광장을 달리지만 내
자전거는 수염을 길러요 아파하며 약을 먹어요 밤마
다 피를 뽑아 비명하는 내 얼굴을 그려요

외롭고 고독한 날 사랑했던 사람들이 하나둘 죽
어가요 마음이 아파요 당신이 아파요 당신의 허리선

이 아파요 당신의 허리에서 쏟아져 나오는 검은 고
독 검은 비애가 아파요 외롭고 고독한 날 나는 계단
에 앉아 시간과 공간과 죽음에 대해 생각하고 나의
거울은 텅 빈 방에서 각혈을 해요 기침을 하며 피를
토해요 아파하며 아파하며 진통제를 먹어요 나의 방
을 먹어요 내 방의 어둠을 먹어요 어둠의 발을 먹으
며 조금씩 조금씩 죽어가요

외롭고 고독한 날 미치도록 따뜻한 사람이 그리워
요 따뜻한 코 따뜻한 얼음이 그립고 초록색 빗줄기
가 그리워요 외롭고 고독한 날 나는 지하실로 내려
가요 외로워하는 캄캄한 지하실로 내려가요 거기서
환한 하늘을 만나요 호수를 만나요 하늘을 날아가
는 요트도 구경하고 노오란 수염이 달린 구름도 구
경해요 물속의 구름 물속의 사막도 구경해요 창문
으로 퍼져 오는 노을을 보며 하모니카를 불어요 내
가 불면 은어 떼가 쏟아져 나오는 은빛 강물 은빛 꽃
잎들이 쏟아져 나오는 하모니카를 불어요 아니 하모

니카가 나를 불어요 피 흘리는 내 입술을 불어요 피 흘리는 내 휘파람을 불어요

　외롭고 고독한 날 시를 써요 천장에 누워 시를 써요 내 코를 먹으면서 내 눈알을 귤처럼 까먹으며 시를 써요 면도칼을 먹으며 시를 써요 병든 당신을 생각하며 시를 써요 항구에서 도시에서 허공에서 쓸쓸히 죽어가는 짐승들과 인간과 행성들을 생각하며 시를 써요 외롭고 고독한 날 사물들은 언어들은 나의 무릎쯤에서 죽어가고 나는 무릎으로 시를 써요 무릎에서 쏟아져 나오는 검은 파도 검은 물고기로 시를 써요 검은 새 검은 피로 시를 써요 밤늦도록 방바닥에서 아파하는 나를 내려다보며 시를 써요 검은 잉크병 검은 관으로 변해가는 나를 내려다보며 시를 써요 불면에 시달리며 신음하는 시를 써요 천장에 누워 시를 써요 아니 천장이 시를 써요 천장이 내 무릎으로 시를 써요

외롭고 고독한 날 말을 하기 싫어요 그래서 말을
걸어요 책상에게 의자에게 말을 걸어요 내 손에게
발에게 말을 걸어요 울고 있는 새들 울고 있는 말들
에게 말을 걸어요 얼룩말의 말 앵무새의 말 기차의
말 구름의 말 경마장의 말을 생각하며 말을 걸어요
육교를 건너며 이발소를 건너며 육교에게 이발소에
게 말을 걸어요 이발소 안녕! 육교도 안녕! 아무리
물어도 한마디의 답도 없는 저 캄캄한 미지의 세계
를 향해 허공을 향해 우주를 향해 나는 계속해서 질
문을 던져요 새로운 세계 때문에 새로운 언어가 존
재하는가? 새로운 언어 때문에 새로운 세계가 태어
나는가? 탄생은 무엇이고 존재는 무엇인가? 왜 우주
는 바보가 못되고 우주宇宙가 돼버린 걸까? 과연 사
물은 무엇이고 언어는 무엇이고 인간은 무엇인가?
과연 나는 무엇이고 어디 있는 걸까? 정말로 내가 시
인일까? 누가 쓰는 걸까? 외롭고 고독한 날 언어가
시를 써요 나를 죽이고 나의 시간과 공간을 죽이고
언어가 천장에 누워 시를 써요 언어가 언어를 죽이

며 시를 써요 시를 죽이며 시를 써요

고유한 방화범

나의 구두는 우주선
밤마다 내 두개골을 신고 밤하늘을 유영한다
나의 구두는 잠수함
밤마다 황산으로 뒤덮인 바다에 나를 내다 버린다

구두는 나의 육체 나의 무덤인 언어
구두는 자신의 전 생애를
구두라는 제 이름의 새장에 갇혀
병든 새처럼 고통스러워하며 상처받는다

사물의 이름은 인간이 만들어놓은 단단한 감옥
인간이 인간만을 위해 만들어놓은 무서운 질서
무서운 폭력, 나는 밤마다
검은 복면을 쓴 방화범이 되어
그 감옥 지하실에 폭약을 설치하고 불을 지른다
내 육체 속에서 번식하는 내 아비의 우상들을 죽
이고
발아래 침묵하는 대지를 살해한다

시인은 제 피와 뼛가루가 묻은 자신만의 언어로
자신의 교수대와 관을 만들어야 한다
치열하게 유희하듯 유희하듯

장미를 계속해서 장미라 불러야 하는 까닭은 무
엇인가
수백 마리 뱀들이 우글거리는 관棺인 그것을
나는 간단히 시체라 부른다
이제, 장미는 빠알간 나의 시체
나는 밤마다 나의 시체에 불을 지른다

시인은 모두 방화범이 되어야 한다
썩어가는 제 언어와 정신에 불을 지르는
썩어가는 세계의 항문과 사타구니에 불을 지르는
고유한 방화범이 되어야 한다

불온한 시

B가 여름밤 P를 겁탈했다
경찰관 C가 B를 끌고 P를 끌고 경찰서로 갔다
유리창 밖으로 비가 내리고 있었다
B가 비를 바라보며 말했다
— P는 얼굴이 너무 붉어, 원색적인 매음녀, P가 먼
저 꼬리쳤습니다 위험한 마조히스트가 틀림없어요

C가 시가를 문 채 B의 뺨을 내리쳤다
거짓말 마, 이 새꺄!
유리창 밖으로 비가 전투적으로 쏟아지고 있었다
P가 이마에 흐르는 피를 닦으며 말했다
— B는 갑자기 폭력적으로 쏟아졌습니다 속옷을
찢고 건조한 나를 짓밟고 나의 여름밤을 적셨습니다
차갑고 잔인한 새디스트는 무서워요

그날밤 늦게까지
B가 비가悲歌처럼 내리는 비를 바라보며
P가 피처럼 흐르는 비를 바라보며

진술서를 쓰는 동안
방안에서 나는
포르노 소설 속 강간 장면을 읽듯 속옷을 찢고
말들을 겁탈했다 여름밤을 겁탈했다
불온한 시를 썼다
B가 P를 겁탈했다고 썼다
비가 피를 겁탈했다고 읽었다
B로 하여금 P를 겁탈하게 한 것은 누구일까
피의 얼굴과 비의 뺨은 어떤 모습일까

맞춤법

한글 맞춤법은 응큼한 입맞춤법이다
수은 가로등 아래 여자가
사랑스런 눈길을 보내며 남자에게 말한다
오빠 가끔 아빠는
두 모음 사이에서 나는 된소리가 있어
응큼하게 입술을 가까이 갖다대며 남자가 말한다
너의 팔뚝과 눈썹엔
자음과 모음 사이에서 나는 된소리가 숨어 있어
쓱싹쓱싹 입술을 포개며 다시 남자가 말한다
너의 뽀뽀는 밋밋 놀놀해
같은 음절은 같은 글자로 적어야 해
남자의 혀의 집을 찾으며 여자가 말한다
체언과 조사는 구별하여 적는 거지? 혀가 집에
처럼, 용언의 어간과 어미도?
음음음, 남자가 계속해서 음음거리며 말한다
음이 붙은 명사는 어간을 밝히어 적어야 해, 너는
너무 밝혀, 뽀뽀할 때 웃음 울음 졸음은 안 됨
두 남녀가 맞붙어 있는 캄캄한 담벼락 위에서

가로등이 격음화현상을 일으키며 키득거린다
쩝쩝 쪽쪽 입술을 떼며 남자 여자가 말한다
우린, 체언과 조사가 줄어든 경우야
입은 응큼한 한글이야 불온하지만 입은 아담해
가로등이 다시 성난 목소리로 말한다
이븐 아담의 애인, 바로 너희 조상이야
죄의 근원이야
죄의 말을 길러 말의 죄를 낳았

ʃʃ 가 하루는

_____ 이렇게 긋고 지나갔어
그래서 난 태어났는데
인간들은 날 직선 혹은 밑줄이라고 불러
난 바지 입은 여자로 불리고 싶은데 말야
날 한참 노려보더니
연관공이 말했어. 저건 검은 도화선이야요
형사가 말했어. 피살자의 머리카락이 틀림없습네다
바로 그때 ʃʃ 가 ⊥⊥⊥⊥ 내 위에 눈금을 긋고는
양팔을 휘두르며 1 2 3 중얼거리며 뛰어갔어
그때서야 목수가 장갑을 보며 말했어
거봐요 줄자라니까요
ʃʃ 가 하루는 눈금들을 다 지워버리더니 내 위에
▬▬▬ 한 개를 더 긋고는 사라졌어
연관공이 말했어. 저건 분명 쇠파이프야요
형사가 말했어. 피살자가 버려진 강줄깁네다
연관공과 형사가 말싸움을 하는 동안 ʃʃ 가
ⅡⅡⅡⅡ 그으며 지하도로 들어갔어, 그때서야 목
수가

구두를 가리키며 말했어, 거봐요 사다리라니깐요

는 날

로도   로도 바꾸어놨어

그때마다 목수가 칼이야 톱이야 하더군, 난 이상

했어

왜 이게 꼭 톱이고 칼이어야 하는 거야?

몹시도 지루했던 오후였어

바람이 불어대기 시작했어, 난 이렇게

수평선으로 길게 누워 자고 있었는데

가 수직선을 하나 긋고는 황급히 뛰어가더라구

교통순경이 투덜거렸어. 젠장 교차로가 또 생겼군 기

상캐스터가 소리쳤어. 동쪽에서 태풍이 몰려 와요

형사가 말했어. 살인자는 남서쪽으로 도망치고 있

습네다

목사가 뛰어와 외쳐댔어. 할렐루야! 다 같이 기도

합시다

난 내 의지와 상관없이 기호가 되는 게 너무 슬퍼

인간들은 꼭 의미를 부여해야 속이 시원한가 봐
나는 ＿＿＿ 야 나는 직선 혹은 밑줄이야
내꿈은 바지 입은 여자로 불리는 거야
그런데 ∫가 하루는 킥킥거리며 내 위에
치마만 입는 여자라고 써놓고 달아났어
그때부터 나는 치마만 입는 여자야
제기랄! 그때부터 나는
밑줄 친 치마만 입는 여자가 돼 버렸다니까
넌 치마만 입어야 하는 여자의 비애를 모를 거야
　∫가 하루는 욕을 해댔어 땀을 뻘뻘 흘리며

```


```

나와 유사한 복제품을 만들어냈어 그러고는
맨 끝에 이렇게 써놓고는 술집으로 달아나버렸어
위의 네모 칸에 〈∫가 하루는〉에 대한 욕을 써!

녹색의 시체들이 차례로 일어선다

기차가 달린다
사내는 가방 속에 누워 하늘을 올려다본다
기차가 눈보라를 끌고 달린다
사내는 가방 속 하얀 지하실을 내려다본다
기차가 눈보라를 끌고 빌딩 숲을 달린다
사내는 다친 발목과 하늘에 빨간 요오드팅크를
뿌리며
사물들을 새롭게 명명한다

오후 3시는 밤하늘이다 바람은 죽은 쥐
백열등 불빛은 난쟁이다 연필은
파란 눈의 밀랍인형 글자는 흰 칼이다
천장은 토성 종이는 지하실이다

기차가 빌딩 숲을 달린다
사내는 밀랍인형의 머리채를 끌고 지하실로 들어
간다
죽은 쥐의 비명 소리 사이로 휘발유 냄새가 보인다

기차가 기차가 빌딩 숲을 달린다
지하실 아래로 밀랍인형의 파란 눈을 따라
검은 망건을 뒤집어쓴 칼들이 걸어 들어가기 시작
한다

어, 녹색의 시체들이 차례로 일어선다
어, 이건 검은색 흰 칼들이잖아
밀랍인형, 밤하늘에 칼을 유산시키며 파랗게 산
통이다
캄캄한 밤하늘에 기차가 달린다
어어, 토성에서 수천의 난쟁이가 뛰어내리고 있
잖아
기차가 빌딩 숲을 지나 들판으로 달린다

사내는 밀랍인형의 머릴 잘라 들판으로 던진다
들판으로 검은 쥐 떼가 몰려든다
사내는 지하실을 무너뜨리며 소리친다
녹색의 시체들은 검은 말이야 언어야 흰 칼이야

검은 녹색이 희다니 으악! 가방은 가방假房이야
그럼 내가 앉아 있던 가방은 어디로 사라진 거지?
기차가 들판을 지나며 들판으로 달린다

그 사이 사물들이 마구 이름을 바꾸기 시작한다
기차는 빌딩 숲이 되어 빌딩 숲을 달리고
두 개의 사기 컵은 창밖 허공으로 날아가 버린다
스무 명의 빨강 치마 소녀가 담뱃갑 속에서 불타
는 동안
빌딩 숲은 다시 들판이 되어 들판으로 달린다
어어, 나와 기차와 빌딩 숲은 어디로 사라진 거지?

겨울 오후
눈 내리는 들판으로 눈 덮인 들판이 달리고
외로운 벽시계만 홀로 들판에 누워
죽은 쥐의 비명 소릴 듣는다

파리 잡기 혹은 파리 잡기라는 놀이

정각 3시다
나는 파리채를 들고 방안을 오간다
방안에서 찰싹 파리박멸 찰싹 방안한다
천장의 파리가 바닥의 파리에게 말한다
천장은 위험해 바닥이 안전해 어서 내려와
라고 나는 방안에 누워 쓰고 있는데
바닥의 파리는 재빨리 바닥으로 내려간다
바닥 파리가 바닥 파리에게 묻는다. 우린 누구니?
얼마나 더 살 수 있을까? 지금 몇 시니?
3시 5분 14초 아니 15초 아니 아니
16초 17초 18 19 2— 에이 모르겠어!
시간은 없나 봐 우린 우리야 시간에 갇혀 있잖아
라고 쓰고 나는 시계를 보며 파리채를 든다
놈들은 반사적으로 도망치며 말한다
그럼, 9분 후인 미래는 어디 있는 거야?
몰라(퉁명스럽게), 9분 후는 거리야
거리와는 구분해야 해 우리가 몰려다니는
(날개를 푸득이며) 그래 맞아! 분명한 건 순간

순간의 죽음뿐, 우린 미래에도 우리 속에 있을
거야
　나는 공포탄을 쏘듯, 벽을 찰싹찰싹
　놈들은 신속하게 반대 방향으로 날아간다
　왼쪽 벽의 파리가 오른쪽 벽의 파리에게 소리친다
　왼벽이 완벽해 거긴 위험해 어서 이리 와!
　아냐 여기가 왼쪽이야 네놈이 이리 와
　에이 바보 같은 놈, 죽고 싶어 환장했니?
　뭐야? 이, 찰싹, 머저리야, 찰싹찰싹(세차게)
　왼벽의 파리는 창문 옆 거울로 날아가 앉는다
　거울 속 파리를 신기하게 바라보며 고개를 흔든다
　넌 어쩌다 그 방에 들어갔니? 위험해 어서 나와
　거긴 가짜라니까, 찰싹, 앗, 하며
　거울 파리는 순식간에 왼벽 파리에게 날아간다
　악수를 청하며 왼벽 파리가 왼벽 파리에게 말한다
　우린 둘 다 틀렸어 여긴 바닥이야 바닥 그리고
　여긴 방 밖이야, 벽은 밖이고 안이야, 아니야?
　우리도 인간들처럼, 찰싹, 모든 걸, 찰싹

우리를 기준으로, 찰싹, 생각하면 돼. 안 그래?
찰싹 그래 맞아, 찰싹, 우린, 찰싹, 감옥이야
놈들은 약삭빠르게 도망치며 나에게 소리친다
어, 너는 언어야. 언어는 사고를 굴곡시켜 왜곡시켜
어, 너는 사고뭉치야 연장통이야 못 끌 칼
망치 도끼 가위 헝겊 변압기 너무 어지러워
뭐야? 나는 놈들에게 연장통을 통째로 집어 던
진다
놈들은 열린 창문 틈으로 재빨리 도망친다
라고 쓴 후 읽어본다 말장난이다 구겨버린다
나는 파지와 파리채를 던져버리고 벽에 앉아
안과 밖을 생각해본다 천장에 누워
시간과 공간과 인간을 생각해본다 우울하게
파리와 런던의 거리를 뱃길로 산출한다
몰려다니는 파리의 거리의 우리를 생각한다

3부

비밀번호를 알 수 없는

여자의 몸속엔
잘 건조된 브라질산 목재로 된 책상과
등 받침대가 편안한 의자가 있다

⟨안음⟩과 ⟨포옹⟩의 미묘한 차이점을 생각해보며
겨울밤 은밀히 나는 의자에 앉아본다
책상 위엔 원형 거울과 덜 마른 니스 냄새
원추형 피부미용용 화장품들, 가끔
젖은 톱밥 같은 바람이 분다

첫 번째 서랍을 열어본다(Andante)
얼룩진 편지, 현금카드, 샤론 스톤 주연의 영화
티켓
뚜껑이 없는 빨간 루주와 함께 브래지어 속
나의 눈 흰자위만 한 바다가 찰랑거린다
앙상한 겨울 태양, 흔들리며 저녁을 낳는다
모래 언덕이 있는 해안 포구도 보인다, 캄캄
— 불 꺼진 등대는 위험해, 생각하며, 숨을 몰아

쉬며

두 번째 서랍을 열어본다(Moderato)
버지니아 슬림 담배와 비사표 성냥이 있다
담배 연기로 가득 찬 밀폐된 방 같은 봉긋한 가
슴과
불붙은 밤 들판도 보인다
신음으로 불타는 여자의 지평선, 또 정육면체
퍼즐처럼 곤혹스런 어지럽게 움직이는
자존심이라는 이상한 물건도 보인다
— 자꾸만 거친 숨을 스타카토로 내쉬며

맨 아래 서랍을 열어본다(Vivace), 신경질적으
로 잘
열리지가 않는다 다시 힘껏 열어본다 속치마
포장된 스타킹 반지 진주를 박은 목걸이와 함께
프로이트 선생의 성性에 관한 연구 책자도 보인다
매니큐어 냄새나는 아스팔트가 보인다 발정의 힘

으로
　자동차가 달린다 거대하게 돌출한 빌딩들
　빌딩은 남근의 상징이다
　빌딩 위 하늘로 제트기가 달린다
　제트기도 남근의 상징이다

　나는 급히 서랍을 닫고, (어리둥절하다는 표정으
로)
　의자에서 일어나 담배를 피워 문 채
　이런 생각을 해본다

　여자의 몸속엔
　어지럽게 펄럭이는 하늘이 있다
　교교히 꿈틀대는 파란 웃음소리도 들린다
　여자의 몸속엔 언제나
　시꺼먼 낮과 환한 밤이 공존한다
　반지의 텅 빈 공간처럼 보이며 보이지 않는
　반지를 반지이게 하는

여자를 여자이게 하는
총 펜촉 삼각형 그리고 칼의 세계가 있다
잠가진 투명한 공간이 있다
비밀번호를 알 수 없는

강도와 여인

여인이 거실에 앉아 있다 얼어붙은 바이올린 같다 베란다에서 고양이가 아기 울음으로 울고 창틈으로 나비가 날아든다 나비는 살며시 여인의 어깨에 내려 앉는다 다시 날아오른다 허공을 맴돌다 이내 어항 속으로 빠져버린다 나비가 파득거린다 여인은 죽어 가는 나비를 바라보며 물고기의 흰 뼈로 뒤덮인 그 바닷가를 기억한다

바닷가에서 나체의 소녀가 물장난을 친다 소녀는 노랠 부르며 점점 더 깊은 곳으로 들어간다 여인은 바위에 누워 하늘을 본다 구름 아래로 갈매기 떼가 날아가는 순간 파도는 굶주린 물개처럼 소녀를 집어 삼킨다 여인이 어린 딸을 부르며 뛰어간다 울부짖으 며 물속으로 뛰어든다 수평선 끝으로 태양이 진다 바다는 검은 관뚜껑처럼 변해가고 바닷가에 한 소녀 의 익사체가 떠오른다

어항 위로 죽은 나비가 떠다닌다 여인은 나비를

바라보며 소리 없이 운다 여인의 이마가 운다 왼손
이 운다 그사이 복면의 강도가 문을 밀치며 거실로
뛰어든다 고양이가 송곳니를 하얗게 드러낸다 강도
는 한 걸음 한 걸음 다가가 여인의 목을 짓누른다 순
식간에 여인을 겁탈해버린다 강도의 이름은 절망이
다 갑자기 여인은 면도칼을 집어 든다 왼손 동맥을
긋는다 고양이가 핏빛 아기 울음으로 운다 하얀 카
펫이 시뻘겋게 물들어가고 어디선가 소녀의 바이올
린 켜는 소리가 들려온다

가을밤이다

지붕 위 달이 주홍빛 피를 흘리며 먹구름 속에서 나온다 담장 따라 코스모스는 주홍빛으로 물들어 가고 어머니는 꽃봉오리 속 하얀 나무 침대에 누워 아름답게 죽어가고 있다 바람이 불 때마다 어머니의 생이 꽃가루가 되어 캄캄한 허공으로 흩어지고 있다 그 죽음의 꽃향기에 취해 나는 술을 마시며 울고 잔고가 바닥난 통장을 찢는다 한나절의 입원비도 못 되는 시들을 찢는다

가을밤이다 달이 꽃봉오리 속으로 들어간다 주홍빛 수의를 입고 관을 들고 꽃봉오리 속으로 들어간다 약에 취해 잠든 어머니 곁으로 다가간다 관 속에 어머니를 넣는다 그녀가 걸어온 청춘의 꽃길과 전생全生을 넣고는 풍선처럼 장의차처럼 밤하늘로 올라간다 무너져가는 우리 집 지붕 위로 내 머리 위로 주홍빛 피를 뿌리며 올라간다 어머니의 해골 가루를 흩뿌리며 그녀가 상처투성이 맨발로 걸어온 황폐한 사막의 모래들을 흩뿌리며

구름 속으로 들어간다 어머니가 유년의 내 손을 잡고 구름 속으로 들어간다 구름 속 숲을 걷는다 꽃밭을 걷는다 나는 동요를 부르며 따라 걷는다 어머니가 웃는다 코스모스처럼 웃으며 꽃밭을 걷는다 어리디어린 내가 디디면 개구리가 되어 다람쥐가 되어 달아나던 꽃밭 밤마다 별들이 쏟아져 과자가 되고 안경이 되고 은빛 촛대가 되던 꽃밭을 걷는다 나는 즐거워 즐거워 거위처럼 선풍기처럼 소리 높여 동요를 부르고

바람 따라 코스모스가 흔들린다 꺾어질 듯 꺾어질 듯 어머니의 생이 흔들린다 그 핏빛 꽃그늘 아래에서 가을밤은 쇠못처럼 녹슬어가고 비가 내린다 꽃들이 젖는다 어머니가 젖는다 꽃잎들이 하나둘 떨어진다 어머니의 팔과 다리가 하나둘 바닥으로 떨어진다 나는 찢어진 우산, 떨어지는 빗줄기를 막아내지 못한다 가을밤이다 서서히 죽어가는 코스모스 꽃그늘 아래에서 나는 눈물 섞인 술을 마신다 달을 마신

다 구름을 마신다 술잔 속에서 울고 있는 나를 마시
고 빗속으로 소멸해가는 나의 전생前生을 마신다

〈나의 책상 서랍 속에는〉 속에는

도둑고양이가 우는 겨울밤
책상 서랍을 열어본다
나의 책상 서랍 속에는
〈나의 책상 서랍 속에는〉이라는 시가 있다
중간 부분이 이렇게 쓰여 있다

> 나의 책상 서랍 속에는
> 칼과 열쇠와 주민등록증이 있다
> 칼에 베인 겨울이 쓰러져 있고
> 잠가진 내일과
> 주민등록번호만큼의 시간이 들어 있다
> 나의 책상 서랍 속에는
> 도둑고양이가 우는 밤과
> 하얀 허공과
> 하얀 공허를 더욱 하얗게 하는
> 어머니의 아픈 관절염과 함께
> 가출하던 나의 유년이 들어 있다

도둑고양이의 울음소리가 밤하늘로 퍼져가는

시간

　　나의 책상 서랍 속에는

　　칼과 열쇠와 주민등록증이 있고

　　겨울과 추억과 유년은 보이지 않는다

　　공허도 어머니도 유년도 보이지 않는다

　　다시 책상 서랍을 열어본다

　　여전히 보이지 않는다

　　어둠이 밤 사이로 깊고 단단하게 끼어든 자정 무렵

　　나의 책상 서랍 속에는

　　어머니가 먹다 남은 알약과 함께

　　〈나의 책상 서랍 속에는〉이라는 시가 들어 있다

　　〈나의 책상 서랍 속에는〉 속에는

　　타버린 겨울과 하얀 시간이 들어 있다

　　그 하얀 시간과 함께

　　나의 두 고막을 가늘게 찢는

　　어머니 무릎뼈의 삐걱거림 같은

　　도둑고양이의 울음소리가 있다

　　매일 밤 그 소리에 하얗게 탈색해가는

주민등록증 증명사진 크기만 한
아물지 못한 유년의 상처가 들어 있다

우울한 독백

⊙는 아주 오래 전의 나다
▲는 ⊙를 그리워하는 조금 오래 전의 나다
▼는 ⊙를 자꾸만 잊으려 하는
　▲를 싫어하는 지금의 나다

다리가 부러진 ⊙를 앰뷸런스가 싣고 간다(장면1)

육각형으로 얼어붙은 오후 3시
▼가 얼음을 꺼내기 위해 냉동실을 열자
광장이 보인다 ⊙가 보인다
▼가 말한다
⊙는 표적판이야 위험한 여름이야
⊙는 너무 어두워 좁아

⊙가 다리에 깁스를 하며 약을 먹는다(장면2)

▲가 자전거를 타고 광장을 달린다
바닥에 흥건한 햇빛을 가르며 말한다

⊙는 연못이야 물결이야 달팽이 같은 봄이야
⊙는 구르는 바람이야

깁스를 풀고 ⊙가 미술실로 이어진
불꺼진 ㄹ자 계단을 내려간다(장면3)

▼는 병원으로 ▲는 미술실로 간다
병원 입구에 도착한 ▼는 말한다
▲는 바보야
⊙는 응급실 빨간 불빛이야
⊙를 보면 어디선가 소독용 알코올 냄새가 퍼져
와
이명처럼 청진기 소리가 들려 와
마스크를 쓰고 녹색가운을 입은 사람들이
복도 끝으로 자꾸만 뛰어간단 말야

빨강 파랑 노랑 물감을 섞으며 ⊙가 병원과
아카시아 나무들이 무성한 숲을 그린다(장면4)

창가에서 ▲가 미술실을 바라본다
⊙는 화선지 위로 까맣게 번지고 있다
아카시아 꽃내음은 하늘로 번지고 있다

⊙는 저녁을 굶은 채 펑크 난 자전거를 끌고
운동장을 지난다 집으로 돌아간다(장면5)

▼와 ▲
병원과 미술실 중간에서 만난 두 사람
▲는 ▼의 귀를 잡고
▼는 ▲의 머리카락을 움켜쥐고
싸운다 주먹질한다

좁은 방에서 ⊙는
싸움하는 삼각형을 그린다
동그라미를 잡아먹는 동그라미를 그린다
마름모, 평행사변형, 별들을 그린다(장면6)

⊙는 점점 ○로 •로 로 사라져 간다

⊙는 공기 속을 둥둥 떠다니다 공기 밖으로 사라
진다

오락실에도 컴퓨터 칩 속에도 거울 속에도

⊙는 보이지 않는다

10년 전의 10일 전의 10분 전의 나와

10분 후의 10일 후의 10년 후의 나와

미래의 나! 라고 말하는 현재의 나와

현재의 나! 라고 쓰는 이 순간의 나 또한

똑같은 방식으로 스스로에게 망각될 것이다

방파제에서

어머니가 파도친다 어머니는
하얗게 내장을 드러낸 채 죽어가는 바다다
그 바다 위로 저녁이면
아버지가 토해놓은 핏빛 노을이 깔리고
마리화나를 피며 마리화나를 피며
나의 성기를 닮은 검은 배 지나간다

해파리의 시체로 뒤덮인 방파제를 따라
물고기의 푸른 눈알들이 굴러다니는 방파제를
따라
해바라기 해바라기는 흔들리고, 그 꽃대궁 아래
에서
노오란 꽃향기에 취해 바다는
몸을 뒤틀며 죽어가고 있다
하야게 하얗게 피를 흘리며 죽어가고 있다

방파제 끝엔 누군가 내다 버린 식구들
그것은 휠체어

그것은 울고 있는 의족
뱀이 들어 있는 검은 술병

샤갈의 마을에 눈이 내린다

그는 쓸쓸히 바라본다 조각공원이 보이는 사진을
바라본다 빛바랜 사진 속으로 하늘이 보이고 해바라
기 만발한 공원이 보인다 한 여자가 벤치에 앉아 있
다 바이올린을 안고 환하게 웃고 있다 그는 사진을
책상에 내려놓고는 밖으로 나간다 역으로 간다 기차
를 타고 샤갈의 마을로 떠난다 그가 외출한 사이 여
자는 사진에서 나와 그의 방을 둘러본다 옷장을 열
어본다 냉장고를 열어본다 빨래를 모아 세탁기를 돌
리고 밥도 안친다 방 청소를 끝내고는 창가에 서서
바이올린을 켠다 그가 좋아하는 멘델스존의 바이올
린 협주곡 E단조를 연주한다 음악 소린 하얀 물고기
가 되어 눈송이가 되어 바람을 타고 바람을 타고 샤
갈의 마을까지 날아간다

샤갈의 마을에 눈이 내린다 마을의 집들은 하얗
게 하얗게 눈 속에 묻혀가고 하늘엔 수천 마리 물고
기들이 아름다운 지느러미를 흔들며 떠다닌다 나팔
을 불며 작은북을 두드리며 아이들이 마을 지붕 위

로 날아다닌다 새들이 나무들이 춤을 추며 날아다
닌다 마을은 온통 물고기 비늘로 뒤덮여 반짝반짝
빛을 내뿜기 시작한다 정거장이 보인다 그가 기차에
서 내린다 코트 깃을 올려세우고는 마을 뒷산으로
간다 검은 묘비가 서 있는 무덤으로 간다 한 다발의
꽃을 내려놓는다 몇 잔의 소주를 무덤에 뿌려주고는
쓸쓸히 담배를 피운다 눈 내리는 하늘을 바라보며
옛 생각에 잠긴다 해변의 모래밭과 모래밭 여기저기
찍혀 있는 그와 그녀의 발자국들을 생각한다 웃을
때마다 아카시아 냄새가 나던 그녀의 입술을 생각한
다 그녀와 함께 거닐던 강변과 강변을 적시던 핏빛
노을을 생각한다

　밤늦게 그는 집으로 돌아온다 방문을 열고 들어
선다 아무도 없다 차가운 공기들만 떠다니는 텅 빈
방, 창문 아래 밀린 빨래가 산더미처럼 쌓여 있고 널
브러진 신문과 잡동사니로 방안은 몹시 어지럽다 불
꺼진 적막한 방, 고독 속에 파묻혀 그는 검은 눈물을

흘린다 한 방울 한 방울 눈물방울이 사진 속 여자의
이마 위로 떨어진다 바이올린 위로 떨어진다 해바라
기 꽃봉오리 속으로 떨어져 여자의 손등을 타고 벤
치 아래로 흘러내린다 그가 불면에 시달리며 뒤척이
는 동안 수천 마리 금붕어 떼가 하늘에서 내려온다
하얀 물감처럼 바이올린 소리가 흘러내린다 아파하
는 그의 집 지붕을 덮고 골목을 덮는다 머나먼 샤갈
의 마을을 덮고 무덤을 덮고 그의 아름다운 추억들
을 덮는다

모자가 걸어간다

여인의 눈 속으로 폭설이 쳤다 덜그럭
모자 속엔 뜨거운 불덩이, 아버지 눈동자가 흔들
렸다
K가 비틀거리며 어두운 계단을 내려갔다
하얗게 봄이 왔다
회색벽에는 노랑모자가 걸려 있었다
유리창에 햇살이 하얗게 달라붙는 초봄이면
여인은 아가미만 보이도록 모자를 깊게 입고
해바라기를 심었다 흰 가죽재킷을 벗어던지며
신경질적으로 K가 말했다
― 해바라기는 폭력과 자학을 유발할 수 있어요
아버지는 돌아오지 않아요 이제 좀 그만하세요

여인은 물과 빛을 뿌리며 공중으로
해바라기들의 목을 길게 뽑아올렸다
노란 머리칼 풀어헤친 해바라기들
태양을 올려다보며 현기증했다 여름했다
여인은 해바라기 머리에 달린 목재 창문을 열고

시퍼런 물고기 떼의 바다를 보았다 해안가에 버려진
노란 가죽장화를 보았다 유리 닦는 소리를 내며
피아노 흰 건반을 밟고 간 남자의 발을 보았다
무겁게 남자의 발이 걸어다니던 캄캄한 동굴 속
기다란 레일을 타고 빠르게 빠져나오는
거대한 태양을 보았다 살갗에 달라붙은
끈적거리는 가난과 우울의 날들을 말렸다

실종사건처럼 노을이 탱탱하게 깔리던 저녁
자퇴서에 엄지손가락 붉게 새겨넣고 돌아온 K가
청동의 흉상과 두상, 커다란 촛대를 쓰러트렸다
해바라기들 목을 모조리 잘라버렸다 여인은
목 신경통 가루약을 털어놓고 유리 깨지는 소리를
냈다
여인의 혈관을 타고 하이얗게 여름이 가고 있었다
K가, 노랑의 둥근 모자를 수십 번씩 칼질한 후
입술과 함께 담장 너머 아스팔트로 집어던졌다

여인이 화난 얼굴로 K의 뺨을 내리쳤다

소화기처럼 대들며 K가 집에 불을 질렀다

　─모자는 불길해요 모자 속을 보면 캄캄한 막장 혹은 아버지의 술잔이 그 속에 커다란 무덤이 보여요 노랑을 보면 헬리콥터처럼 정신이 마구 타오른단 말이에요, 이제 지겹지도 않아요? 에이

그날 밤 K는 칼을 들고 뛰쳐나갔다

굵은 불기둥들이 그의 뒤를 바싹 쫓는 동안

여름밤이 새까맣게 타들어 가고 있었다 불 속에서 검은 건반 위로 쇠구슬 떨어지는 소리가 새어 나왔다

여인은 약봉지 가는 글자들로 구겨지며 혼절했다

소방대원들이 불기둥 속에 물기둥을 잘라 넣었다

그날 이후로 노랑 모자는 보이지 않았다

어머니는 토막 난 모자母慈를 들고 남쪽으로 갔고

아들은 타버린 모자眸子*를 들고 소년원으로 갔다

바람이 불 때마다 모자가 뒤집히거나 뒤집히지 않았다

늦은 밤
아스팔트를 향해 비명이던
목 없는 해바라기들 검은 몸뚱어릴 바라보며 나는
피 묻은 칼끝에 손가락을 대어본다
청동의 두개골에 사포를 문지르는 소리
파리하게 밤바다를 걸어가는 장화 소리
아가미 꿰인 물고기 떼의 울음소리가 들려온다
나는 섬뜩 손가락을 뗐다가 다시 갖다 댄다
소년원 회벽 쇠창살 사이로 한기寒氣와 함께 빠져나오는
K의 웃음소리가 노란 항우울제 같다
모자가 모자를 잘라내는 추운 소리, 손끝 가득하다
K의 엄지손톱만 한 밤 11시다
둥글고 노오랗다

*모자眸子 : 눈동자.

분재나무

사창가로 들어가는 골목 입구
분재 가게에서 한 여자를 만난다
이 여자, 알몸으로 화분 속에 웅크리고 있는
이 여자, 온몸이 철삿줄에 감겨 괴로워하는

그녀는 가난한 묘목장에서 태어났다
그녀를 길러주던 아비가 불에 타죽고 그녀는
트럭에 실려 이 도시의 매음굴로 팔려왔다
여자의 몸 여기저기 불의 흉터가 남아 있고
사내들이 지나간 발자국이 찍혀 있다

분재 가게에 앉아 오래도록 나무를 바라본다
이 여자, 온몸에 검은 뱀의 문신이 새겨진
이 여자, 무슨 죄를 지었기에
캄캄한 땅속 깊게 하반신을 묻고
이렇게 고통스럽게 몸을 뒤틀고 있는 것일까
그러나 이 여자, 제 육신을 짓누르는 허공을
가볍게 가볍게 온몸으로 밀어 올리며

가지마다 파아란 꽃을 피우는 이 여자

　그녀의 귓속에서 그녀를 갉아먹는 벌레들이 보

인다

　나는 살짝 여자의 귀를 훅하고 불어준다

　나무는 슬쩍 팔을 들어 올리며 웃는다

아버지

내 육체 속에 뿌리내린 검은 가시나무
삼십 년 동안 나를 가둬온 무서운 새장

눈 내리는 밤, 책상 위
오른팔이 찢겨나간 아버지 사진을 바라본다
하얗게 금이 간 가슴
앙상하게 야윈 어깨 위로
검은 상처의 날들이 눈더미처럼 쌓여 있다
절망과 폐허의 세월을 걸어온 저 다리

눈 내리는 밤, 먼지의 방에서 내가
아버지 사진을 보며 먼지투성이 시를 쓰듯
아버지는 아버지의 아버지 사진을 보며
먼 지방에서 지방을 쓰신다
초라한 제사상에 절을 올리며 소리 없이 우신다
오래전, 아버지의 아버지가 그랬고
이 땅의 모든 아버지들이 그러했듯
아버지, 언젠가 내가

도끼로 깨트려 건너야 할 얼어붙은 바다 아니
체온으로 녹여 건너야 할 잔인한 바다

아버지, 이것은
몇 글자 시로 쓰일 수 있는 것이 아니다
나는 조용히 연필을 내려놓고 시를 불태운다
아버지가 지방에서 지방을 불태우듯

하얀 새

추억은 하얀 깃털의 새
노인이 무덤에 앉아 저녁 지평선을 바라본다
노인의 눈에선 끝없이 주홍빛 노을이 흘러나오고
지평선 끝에서 하얀 깃털의 새가 날아온다
새는 가볍게 노인의 상처투성이 손등에 내려앉
는다

노인은 본다, 새의 캄캄한 육체 속
흰 구름 떠가는 하늘
아래
형광등처럼 길게 누워 있는 바닷가 백사장
한 신부가 드레스를 펄럭이며 환하게 뛰어간다
하얗게 하얗게 물안개 꽃을 피우며
뒤쫓아가는 청년의 웃음소리

노인은 일어나 잡풀이 무성한 무덤을 내려다본다
구더기가 기어 다니는 썩은 관 속에
아내가 하얀 뼛조각으로 누워 웃고 있다

하얀 깃털의 새

날개를 파득이며 무덤가를 날아다니고

비석을 끌어안고 울음 우는 노인의 옆구리에선
불쑥

물에 젖은 여자의 발이 삐져나오고

노인이 걸어온 길들이 창자처럼 쏟아져나온다

창문

나의 가슴엔 검은 창문이 있다
폭우가 쏟아지는 여름밤, 한 여자가
알몸으로 창문을 넘어 내 육체 속으로 들어온다
굳게 닫혀 있던 창문이 열리는 순간
취한 박쥐들이 날아오른다
취한 뱀들이 날아오른다
취한 구름들이 쏟아져나오고
유리창은 산산이 부서지며 전율한다

나는 수십 개의 방을 가진 여관
여자는 천천히 첫 번째 방을 열어본다
휘발유로 뒤덮인 밤바다가 보인다 죽은 물고기 떼
선원들의 익사체가 하얗게 떠다닐 뿐이다
여자는 성냥불을 던지며 방문을 닫아버린다
순식간에 나는 불타오르며 신음하고
여자는 두 번째 방을 열어본다
황폐한 사막이 보인다 말라죽은 낙타들
검은 모래폭풍이 짐승처럼 울부짖고 있을 뿐이다

어떤 방엔 목을 매 자살한 아이
어떤 방엔 파헤쳐진 짐승들과 인간들의 허파
어떤 방엔 저 홀로 삐걱이며 수음 중인 흔들의자
여자는 몸서릴 치며 방문을 닫아버린다
황급히 나의 육체를 도망쳐나가며 소리친다
— 넌 감옥이야 무덤이야 위험한 세계야

여자가 떠나고 내겐 불면의 밤이 찾아온다
그런 밤, 홀로 술을 마시며 생각해본다
인간의 가슴엔 창문이 하나씩 있는 게 아닐까
사랑으로도 증오로도 그 무엇으로도 메울 수 없는
벽이며 허공인 하늘이며 바다인
거대한 창문이 하나씩 뚫려 있는 게 아닐까

4부

나, 불타는 화실

물감들이 쏟아지고 있다
기둥이 흔들리며 비상벨이 울린다
면도날 같은 그을음 냄새, 유리 깨지는 소리
회색 곰팡이가 돋아난 〈산체스 지방의 들판〉 위로
붉은 물감이 쏟아지고 있다. 그림 속
도망치는 여자 위로 붉은 물감이 쏟아진다
날아오르는 까마귀 떼를 덮친다
순식간에 잿빛 하늘이 핏빛으로 물든다

물감들이 쏟아지고 있다
천장이 무너지며 커튼이 불탄다
산체스 지방의 들판이 불탄다 하늘이 불탄다
들판을 달리는 일곱 마리 개들이 불탄다
들판 옆 〈얼어붙은 폭포〉가 불타오르고
벽에 걸린 〈하얀 바이올린 소리〉가 불탄다
바이올린 소리 속, 붉은 혓바닥 날름이며
꽃들이 불탄다
눈밭이 불탄다 바다가 불탄다

벌거벗은 여자가 불탄다

그 사내

진한 해바라기의 피를 가진
진한 엽총의 피를 가진
갈비뼈 하나가 거대한 장총으로 변해버린
그 사내, 밤마다 밤마다
피 흘리는 계단에 앉아 피 흘리는 계단이 되어가는
죽어가는 의자에 앉아 죽어가는 의자가 되어가는
늑골과 늑골 사이에
거대한 겨울 하늘이 떠 있는
거대한 아프리카 보름달이 떠 있는
거대한 동굴 거대한 얼음산이 들어 있는

그 사내, 마약 같은 불면의 밤이 오면
자신의 내면의 바다 깊은 곳에서 울려 나오는
해초들의 비명을 듣는다
물고기들의 비명을 듣는다
생의 고통과 악몽의 비명소리에 시달리며
생의 고독과 절망의 울음소리에 시달리며
속으로 속으로 울부짖으며 시를 쓰고 있는

〈그 사내〉를 쓰고 있는 그 사내

술주정

나는 술을 한 잔 마신다
〈나는 술을 한 잔 마신다〉라고 쓴다
이렇게 쓰고 또 한 잔 마신다
나는 조금 취한다
〈나는 조금 취한다〉라고 쓴다, 아니
〈나는 조금 취한다라고 쓴다〉라고 쓴다
이렇게 쓰고 또 한 잔 마신다
나는 만취한다
〈나는 만취한다〉라고 쓴다 아니
〈나는 만취한다라고 쓴다〉라고 쓴다
나는 자꾸 라고라고라고만 쓴다
이렇게 쓰고 또 한 잔 마신다
〈이렇게 쓰고 또 한 잔 마신다〉라고 쓰고
또 한 잔 마신다
이렇게 쓰고 병째 마신다
〈이렇게 쓰고 병째 마신다〉라고 쓰고
또 한 병 마신다
나는 완전히 만취한다

내가 지금 쓰는 글씨들도

너희들도 거리도 빌딩들도 아스팔트도 다 취해 보
인다

라고 쓴다

〈라고 쓴다〉 밑에

말言語은 술 취한 말馬이다

시는 술 취한 경마장이다

라고 쓴다

〈라고 쓴다〉라고 쓰고

또 한 병 마신다

이제 정말로 만취한다

앞의 말 모두 술주정이다

〈앞의 말 모두 술주정이다〉라고 술주정한다

지금까지 쓴 말 모두 술주정뱅이의 술주정이다

그러니 부디 용서하오, 아니

〈부디 용서하오〉라고만 쓴다, 아니

〈부디 용서하오라고만 쓴다〉라고 쓸 수밖에 없
음을

부디 용·서·하·오
정말로 앞의 말 모두 술주정이다

강간당한 책

지난겨울
나는 일곱 번 강간당했다

창문도 없는 방
해골 가루 같은 공기들만 떠다니는 방
어둡게 밀폐된 그 방 십자가 아래에서
그는 나를 아름답게 강간했다
내 몸 구석구석에 더러운 지문과
핏빛 볼펜 자국을 남기며
삶의 고독과 번민, 고통에 눈물을 흘리며
그는 나를 구체적으로 강간했다

그는 삶과 바깥 세계가 권태로웠기에
나를 겁탈하며 위안과 희열의 세계를 찾았고
나 또한 존재 자체가 권태로웠기에
파괴되고 고통당할수록 나는 행복했다

그는 외롭고 고독한 독서광

나는 강간당할수록 행복한 책

행위 1

　왼손이 책을 편다 오른손이 던져버린다 왼손이 그림을 그린다 시를 쓴다 오른손이 찢어버린다 왼손은 즉각 오른손의 손가락들을 공격한다 오른손은 난폭한 새디스트처럼 날카로운 손톱을 휘두르며 왼손에 맞선다 왼손의 손등에서 피가 흐른다 왼손은 면도칼을 집어 들고 오른손을 공격한다 오른손은 재빨리 면도칼을 빼앗는다 왼손의 손목을 움켜쥐고 놓아주지 않는다 왼손은 목 졸린 여자처럼 새파랗게 비명한다 오른손은 왼손을 살해하려는 것일까 왼손이 달아난다 오른손은 허공에 면도칼을 갈면서 도망친 왼손을 찾는다 나는 지금 책상 위에서 벌어지고 있는 내 손들의 싸움을 내려다보고 있다 권태롭다 나는 책상과 두개골에 휘발유를 뿌리고 불이라도 확 질러버리고 싶다

　아주 먼 바다로 떠나고 싶다 아무도 없는 캄캄한 바다로 달려가 나를 던져버리고 싶다 내 육체 속으로 날아다니는 붉은 새떼와 임신한 태양을 익사시켜

버리고 싶다 나는 오른손에게 여행가방을 들어달라 정중히 부탁한다 거절한다 그러자 왼손이 들어준다 그러자 곧바로 오른손이 빼앗는다 왼손은 힘없이 바지 주머니 속으로 들어가 고민한다 열등감에 시달린다 그런 왼손이 나는 더 사랑스럽다 이런 생각을 품자마자 오른손은 가방을 내팽개친다 왼손을 사납게 공격한다 오른손은 왼손을 시기하는가 보다 나는 지금 당장 떠나려 한다 방을 도망쳐 추악한 이 위선의 도시를 도망쳐 아주 먼 바다로 달려가려 한다 그런데 두 발은 한 발자국도 움직이려 하지 않는다 나는 몹시 권태로워진다

책상 위 볼록거울을 바라본다 거울 속 사내는 온몸이 비틀려져 있고 눈동자엔 바다가 시퍼런 피를 토하는 바다가 고여 있다 거울 속에서 자꾸만 사내의 울음소리가 파도 소리에 뒤섞여 흘러나온다 갑자기 왼손이 거울을 후려친다 거울은 조각조각 바닥으로 쏟아진다 거울 속 사내도 조각조각 부서지며 쏟

아진다 깨진 거울 조각 위로 핏방울이 뚝뚝 떨어지
고 나는 한 발자국도 방을 떠나지 못한다 죽은 방에
서 죽은 새우처럼 웅크리고 누워 나는 운다 여름 내
내 피 묻은 겨울만 계속된다 피 흘리는 밤바다만 계
속된다

MISS 권태

끈적거리는 여름 정오다
하얀 가운을 걸친 여자가 방으로 들어온다
그녀는 나의 손에 수갑을 채운다
그녀는 나를 끌고 부엌으로 간다
그녀는 나를 커다란 도마에 얹는다
그녀는 나의 성기를 잘라 냉동실에 넣는다
그녀는 나의 머리를 잘라 창밖으로 던진다
그녀는 하얗게 웃는다
그녀는 나를 열세 토막 낸다
그녀는 미친 듯이 웃는다
그녀는 피 묻은 칼을 혓바닥으로 핥는다
그녀는 다시 나의 방으로 들어간다
그녀는 내가 쓴 시들을 모두 찢어버린다
그녀는 가운을 벗는다 속옷을 벗는다
그녀는 나의 침대로 들어가 낮잠을 잔다
이글거리는 여름 태양 아래다
창밖 하수구에서 나의 머리가 썩어간다
얼어붙은 고깃덩이로 가득 찬 냉동실을 생각하며

두 눈을 껌벅인다

행위 2

100m가 있었어 몹시도 우울했던 여름 저녁 나는 왼손을 목 뒤에 얹고 어깨에 힘을 빼고 오른손을 오른쪽 무릎에 얹고 (손가락은 움직이지 않았어) 아래 턱에 힘을 주고 눈은 정면 15도 위쪽을 향하게 한 채 앞으로 3보 다시 뒤로 1보 걸었어 (뒤돌아보지도 않았어) 10m를 이러한 방식으로 걷고는 남은 90m를 전력 질주하여 달렸어 뒤를 돌아보았어 다시 100m가 있었어 몹시도 우울하지는 않았어 한 번 더 반복했어 정말로 우울하지 않았어, 라고 지금 나는 거울 속의 사내에게 말하고 있어 나와 동시에 사내는 무수한 말을 하지만 하나도 알아들을 수가 없어 나는 지금 몹시도 우울해, 나는 즉시 방을 뛰쳐나간다 100m가 있다 처음부터 전력 질주하여 달린다

우울이 걸어온다

하얀 청바지를 입고
하얀 배꼽티를 입고
살살 눈웃음치며
살살 허리를 반시계 방향으로 돌리며
나에게로 나에게로 다가와서는
가슴을 벗으며 엉덩이를 벗으며
순식간에 나를 덮쳐버리는

너의 입은 음탕한 칼
너의 눈은 말라버린 수건
너의 성기는 뚜껑이 열린 관

내가 달팽이 시체로 뒤덮인 광장으로 도망칠 때
너는 뒤쫓는 오토바이
내가 백합이 만발한 공원으로 달아날 때
너는 뒤쫓는 앰뷸런스
내가 육교 밑에 숨어 하늘을 볼 때
너는 도끼를 든 태양

밤이나 낮이나
하얀 구두를 신고
하얀 모자를 쓰고
달콤한 향수 냄새 풍기며
달콤한 허벅지 슬쩍슬쩍 내보이며
나에게로 나에게로 다가와서는
내 넥타이를 벗기고
내 속옷을 벗기고는
단숨에 나를 덮쳐버리는

행위 3

— 언어 민감증에 시달리는 사내 혹은 반응

집, 불타는 멕시코의 들판이 떠올라 사파티 마을 지붕 위로 날아가는 붉은 벌떼도 보여, 집은, 거세게 밀고 오는 폭풍 속 시커멓게 타버린 들판을 바라보며 웃는 간통한 여인의 형상이다 팔과 다리에 정액 냄새가 묻어 있다 그 향기 또한 너무도 가늘다 또 가만히 보면 여인의 뒤꿈치와 볼때기에 남자의 부리 같은 접미사가 붙어 있다. 어, 집이 점점 우울하게 무너지고 있잖아

칼, 살인자의 피 묻은 손, 불안한 눈동자가 보여, 키을은 그의 떨리는 손가락 같아 불빛이 비칠 때마다 하얗게 반짝인다. 어둠 속에서 그를 쫓는 경찰관이 KAL하고 부를 때의 리을은 살인자가 도망가던 매음굴 붉은 유리문을 닮았다. 창녀의 음부에 묻은 항생제와 푸른 힘줄이 돋아난 손등에 몇 개의 핏자국 선명하다. 그들 둘이 도망간 바닷가 찻집은 뒷말의 첫소리가 된소리가 났었어

방, 비읍은 예수가 못 박힌 골고다 언덕 피 흐르는 계곡 같다. 커다란 십자가 위 이응의 바깥 같은 하늘, 천둥을 토해내며 서쪽으로 휘어간다. 계곡과 이응 사이에서 아~ 하고 울부짖는 신도들의 모습도 보인다 그 깊은 계곡에서 바아앙 하고 울려 퍼지는 울음소리는 신도들 눈 속 흰자위로 퍼져가는 실핏줄보다 벌겋다. 부활절이 지나도록 빵 굽는 냄새가 방안 가득하다

남자와男子와NAMJA, 여자 셋이 걸어가는 긴 골목이다. 男子의 男字는 가운데 여자가 어깨에 멘 검은색 핸드백을 닮았다 그 여자의 여자子는 핸드백 속 한 번도 달아보지 않은 귀고리의 모습이다. 여기저기 깨진 블록 벽돌들, 밤마다 개들이 으르렁거리는 캄캄한 골목이 떠오른다. 히읗 소리가 덧나는 수캐와 암캐의 머리카락이 보이는 그 긴 골목, 가끔은 물 끓는 소리와 겨드랑이 냄새가 났었지

H₂SO₄, 일렬로 나열한 벌거벗은 유대인들, 잠가진 유기화학 실험실, 비상등이 켜진 대리석 바닥의 기억자 복도, 얼굴이 화상으로 뒤덮인 화학선생, 사람들을 살인하는 사린가스 티크론 B, 아흐, 비명소리 새어 나오는 가스실을 클로즈업시키는 스크린, 떠오른다. H는 지독한 황산 냄새에 마스크를 하고 아보가드로 법칙을 설명하던 그 선생의 깡마른 몸통을, O는 오 빨리 키가 커야 할 텐데 걱정하던 학생의 작은 배를 연상시킨다. 비커Beaker를 들고 pH 3.6 산성용액속으로 가라앉는 하얀 앙금의 눈금을 재는 학생의 등 뒤, 리트머스지를 통과하는 요오드팅크 용액처럼 노을이 단단하게 번져온다 가스실로 끌려가는 사람들의 얼굴만큼 창백하다

불, 화력발전소 거대한 용광로가 보여, 횃불을 들고 뛰어가는 사람들, 불은 그들 뒤로 체인이 벗겨진 자전거를 끌고 가는 소년의 기름 묻은 손가락, 불 꺼진 구멍가게에서 훔치지 않았다고 울먹이는 소년의

귀를 닮았다. 달팽이관을 때리던 회초리 소리가 들
린다. 아마, 붉은색이었지. 가끔, 불, 이 고딕체의 이
상한 형상을 바라보고 있노라면 산속에서 잃어버린
소년의 가방, 불조심 포스터와 찰흙 인간이 들어 있
던 가방이 떠올라, 기다란 여름 태양 아래 벌레처럼
앉아 그린 불타는 발전소 훔친 과자봉지가 들어 있
던 녹색 가방이 떠올라, 굵은 아카시아나무 밑을 지
나 갈라진 바위틈으로 사라지던 살모사의 긴 꼬리
도 보여, 저녁이면 그 산을 뒤덮던 까마귀는 형용사
에서 명사로 바뀌었어, 딱 한 번이었을까? 노랗게 빨
갛게 여인의 젖무덤으로 솟아오른 산 중턱을 향해
곤두박질하던 헬리콥터의 비명소리, 그 소리, 지금도
붉게 타오르고 있을까

　세계世界, 신비하고 무서운 암호들이 깊게 새겨진
거대한 바위벽, 많은 사람들이 해독하려 기어오르
다 떨어져 즉사했다 죽은 자들의 해골이 바닥 가득
널브러져 있다 그래도 누군가 손바닥에 피를 흘리며

기어오른다 피에 물든 그의 손금이 역사歷史의 역자
字와 아주 흡사하다

이상한 질문

19시 26분 37초에

지금은 19시 26분 37초다

라고 써놓고 보니

지금은 19시 26분 50초다 그러니

지금은 19시 26분 37초다는 거짓이고

지금은 19시 26분 50초다는 참이다

이렇게 써놓고 보니

지금은 19시 27분 15초다

그러니 지금은 없다

지금은 없다고 써놓고 보니

지금은 19시 27분 29초다

그러니 지금은 있다

그러니 지금은 있다고 써놓고 보니

지금은 19시 27분 44초다

그러니 지금은 있기도 하고 없기도 하다

그런데 없기도 하고 있기도 한 건 없다

그런데 〈없기도 하고 있기도 하다〉라는 말은 있다

지금은 없다( )

지금은 있다( )

틀린 말에 ○표를 하시오

신新 고린도전서식 서울사랑

　　　사랑은 언제나 오래 참고
　　　사랑은 언제나 온유하며
십이월의 하얀 밤 파라다이스 호텔로
한 남자와 한 여자가 술에 취해 들어간다
　　　사랑은 시기하지 않으며
　　　자랑도 교만도 아니하며
한 여자가 옷을 벗고 샤워를 한다
한 남자가 옷을 벗고 침대 속으로 들어간다
　　　사랑은 무례히 행치 않고
　　　자기의 이익을 구치 않고
한 여자의 어깨와 젖가슴이 무너진다
한 남자의 허리와 남근이 무너진다
　　　사랑은 성내지 않으며
　　　진리와 함께 기뻐하네
하얀 폭력이 있었다
하얀 오이디푸스 콤플렉스가 있었다
　　　사랑은 모든 걸 감싸주고
　　　바라고 믿고 참아내며

하얀 폭언이 있었다
하얀 리비도가 있었다
　　사랑은 영원토록 변함없네 믿음과 소망과
　　사랑은 이 세상 끝까지 영원하며
한 여자가 두 손에 얼굴을 파묻고 운다
한 남자가 침대에 누워 미친 듯이 웃는다
　　믿음과 소망과 사랑 중에
　　그중에 제일이 사랑이라
십이월의 하얀 새벽 파라다이스 호텔에서
한 여자와 한 남자가 따로따로 나간다

나방에게 희롱당하는 나방

창공으로 두 나방이 날아가며 말한다
야! 저 무서운 도끼 좀 봐
바보 그건 단지 구름일 뿐이야
자꾸만 총에 맞은 소녀의 비명소리가 들려와
바보 그건 빗방울 떨어지는 소리야
빨리 도망치자! 검은 박쥐들이 쫓아오고 있어
바보 그건 단지 비행기일 뿐이라니까
저 아래 거대한 정신병원 좀 봐
바보 그건 서울이라는 곳이야
저 아래 붉은 구렁이 좀 봐
바보 그건 한강이라는 거야
그럼 저 변기 모양의 거대한 똥 덩어리는 뭐지?
어디? 아 저건 명동이라는 곳이야
흰 뼈를 드러낸 채 서 있는 시체들이 너무 많아
바보 그건 단지 빌딩들일 뿐이야
저 아래 우글거리는 인간들 좀 봐
바보 그건 폐차장의 자동차들일 뿐이라니까
학교도 보이는데

바보 그건 철조망이 둘러쳐진 감옥일 뿐이야
저 아름다운 국회의사당이 보이니?
바보 그건 단지 개싸움장일 뿐이야
저 아래 검찰청은 너무 위엄 있어 보여, 안 그래?
바보 그건 단지 허수아비일 뿐이라니까
저건 뭐지? 저건 뭐지?
한 나방이 계속해서 한 나방을 희롱하며 날아간다

엘리베이터를 쏘아라

엘리베이터가 6층에서 멈추고 사내가 오른다
사내는 어느 살인사건에 관해 독백한다
엘리베이터가 5층을 통과한다
피살자는 화장실 좌변기에 앉은 채로 살해됐죠
엘리베이터가 4층을 통과한다
총알이 피살자의 관자놀이를 관통했는데
엘리베이터가 3층을 통과한다
살인자는 우울증에 시달리던 어느 샐러리맨였죠
엘리베이터가 2층을 통과한다
살인자는 도시 생활의 억압을 견딜 수가 없었어요
엘리베이터가 1층을 통과한다
사건 전날 밤 살인자는 죄의식에 시달리며
어머니께 용서의 긴 편지를 썼습니다
엘리베이터가 지하에서 멈추고 사내가 내린다
사내는 몹시 지쳐 있고 우울해 보인다
당신은 누군가를 죽이고 싶던 때가 없었나요?
사내는 화장실로 들어가 거울을 본다
살인자는 자주 거울을 보며 살인을 결심했죠

사내는 좌변기에 앉아 쓸쓸히 독백한다
살인자가 피살자인 그 사건은 이제 시작됩니다
사내는 권총을 꺼내 자신의 관자놀이에 갖다 댄다
가볍게 방아쇠를 당겨버린다

해부도解剖圖

100M 전방에 마네킹의 내가 서 있다
플라스틱 두개골 플라스틱 심장의 나의 분신分身
나는 마네킹을 향해 K2 소총을 발사한다

제1발사, 탄환은 마네킹의 머리 위로 날아간다
제2발사, 탄환은 마네킹의 좌측으로 날아간다
제3발사, 탄환은 마네킹의 우측으로 날아간다
제4발사, 탄환은 마네킹의 귀를 스친다
제5발사, 탄환은 마네킹의 허리를 스친다
제6발사, 탄환은 마네킹의 무릎을 스친다
제7발사, 탄환은 마네킹의 하복부를 관통한다
제8발사, 탄환은 마네킹의 심장을 관통한다
제9발사, 탄환은 마네킹의 양 미간을 관통한다

(탄환은정확히 적敵을사살했으나 적敵은 웃으며죽
지않음)

100M 전방에 마네킹의 내가 서 있다

플라스틱 입술 플라스틱 성기의 일란성 복제상품
마네킹은 나를 향해 K2 소총을 정조준한다
나는 도망친다 마네킹이 뒤쫓는다
정오의 여름 태양 아래, 무서운 싸움이 시작되고
비명하는 내가 백색의 광장을 달린다

(깨어지지않는거울같은광장이끝끝내있다)

우울한 남자가 있다

저녁이면 두통에 시달린다
그래서 노을이 보이는 공원으로 간다

책상 위에 아픈 머리통 떼어놓고
목에 아름다운 꽃병을 달고
자코메티의 조각이 있는 공원으로 간다
벤치에 앉아 꽃병을 닦고 물을 채운다
그러나 꽃병에 꽃을 꽂아주고 가는 사람은 없다
그는 꽃병을 하수구에 던져버리고는
쓸쓸히 집으로 돌아간다

예쁜 구두를 달고 다시 공원으로 간다 그러나
아무리 기다려도 그 구두에 맞는 발을 가진
예쁜 여자는 나타나지 않는다
그는 구두를 칼로 조각조각 찢어버리고는
힘없이 집으로 돌아간다

동화책을 달고 공원으로 간다

그러나 아무도 그를 펼쳐보지 않는다
바이올린을 달고 공원으로 간다
그는 아이들을 위한 노래를 멋지게 연주하지만
아무도 귀 기울여주지 않는다

새장을 달고 공원으로 간다
벤치에 앉아 조용히 기다린다 그러나
아무리 기다려도 새는 날아오지 않고
찬바람만 빈 새장을 들락거린다

그는 스케치북을 달고 다시 공원으로 간다
흰색 검은색 섞어가며
방에서 아파하는 그의 머리를 그린다
그러나 그림을 이해해주는 사람은 아무도 없고
추적추적 비가 내리기 시작한다
그림은 빗물에 젖어 뭉개지고
그는 스케치북을 던져버린 채 쓸쓸히 공원을 떠
난다

며칠 후 그는 빈 돈가방을 달고 공원으로 간다
그가 벤치에 앉기가 무섭게 사람들이 몰려와
그를 열어보려 한다 그를 훔쳐가려 한다
그는 우울해져 집으로 돌아간다
몹시 상심한 그가 방문을 열고 들어서자
책상 위 그의 머리통이 키득키득 웃는다
길게 담배 연기를 내뿜으며 그에게 말한다
— 멍청한 놈, 여긴 서울이야 서울!

거울과의 싸움

거울 속에 방이 있다
깨어져도 사라지지 않는 피칠된 방이 있다
대리석관처럼 한 사내가 의자에 앉아 있다
그는 지금 무슨 음모를 꾸미고 있는 것일까

그를 살해하려 한다
칼을 들고 나는 거울에 간다
거울 속의 그는 동시에 칼로써 맞선다
거울 밖의 나는 무서워하며 달아난다
거울 속의 그도 등을 보이며 돌아간다

그가 나를 살해하려 한다
거울 속의 그가 총을 들고 나를 위협한다
나의 오른쪽 눈을 향해 방아쇠를 당긴다 동시에
나는 그의 왼쪽 눈을 정확히 요격한다
거울 속의 그는 비명을 지르며 도망친다
거울 밖의 나도 피투성이 얼굴로 돌아간다

거울과 거울이 마주 보고 있다
나는 거울과 거울 사이로 들어간다
그에게 하얀 꽃을 내밀며 휴전을 신청한다
거울 속엔 거울 속의 그가 9인으로 복제되고 있다
모두 다 등을 돌린 채 나를 모른다고 한다

거울과의 싸움에 휴전은 없다

9인이 따로

A가 내시경에 비친 상처 난 위벽을 관측한다

B가 검은 군화를 신고 DMZ 지뢰밭을 수색한다

C가 면도날을 끼며 햇살에 신경질적으로 반응
한다

D가 염산 냄새나는 실험실에서 살인 가스를 만
든다

E가 왼손 동맥을 긋고는 잉크병에 피를 받는다

F가 소녀의 시체를 들고 9층 초인종을 누른다

G가 하얀 변기에 앉아 에콰도르를 상상한다

H가 컴퓨터 디스켓 속 〈9인이 따로〉 방을 만든다

I가 저자의 명령이라며 앞의 8인에게 다음 시

「9인이 동시에」에 전원 출석하라는 긴급전문을
보낸다

9인이 동시에

방으로 뛰어들어온다 이불을 덮어씌우며 검은 군
화로 발길질한다 9인이 동시에 나를 9층으로 끌고
간다 디스켓 모양의 변기에 앉힌다 두 손을 뒤로 묶
는다 타원형으로 둘러싸고 머리에 클로로포름과 염
산을 뿌린다 면도날로 내 왼손 동맥을 그으며 9인이
동시에 말한다 넌 위궤양이야 비무장지대야 면도날
이야 나는 위벽을 흐르는 산 같은 긴장을 느낀다 바
닥으로 떨어지는 피를 바라보며 자꾸만 에콰도르 에
콰도르 중얼거린다 불타는 밀림 달리는 코뿔소 달리
는 태양 불도마뱀 상상한다 9인이 동시에 나를 욕조
에 쑤셔넣는다 수도꼭지를 튼다 검은 물이 쏟아져나
온다 검은 새 검은 태양이 쏟아져나온다 해골을 든
아이들이 쏟아져나오고 죽은 나의 시들이 쏟아져나
온다 9인이 동시에 내 아가리를 벌린다 검은 물 검은
언어들을 쏟아부으며 웃는다 나는 비명하며 소리친
다. 잘못했습니다! 「9인이 따로」를 폐기합니다! 9인
이 동시에 내 뺨을 내리친다 정강이를 걷어차며 욕
한다. 뭐 이제 와서 폐기한다구? 개새끼! 시간은 소

급할 수 없어! 너 누구 약올리는 거야 퍽, 퍽, 9인이
동시에 나를 구타하며 말한다. 넌 파렴치한 사기꾼
더러운 언어절도범이야 잔인한 새디스트 술 취한 폭
군이야! 나는 신음하며 바닥으로 흘러가는 피를 바
라본다 자꾸만 에콰도르 에콰도르 중얼거린다 하얀
폭포 하얀 벼랑 날아가는 하얀 배 상상한다 9인이
동시에 웅크린 채 울먹이는 나의 머리채를 잡아올린
다 나를 끌고 거실로 나간다 의자에 앉힌다 타원형
으로 둘러싸고 종이와 연필을 건네준다 나, 손가락
이 떨린다 동공이 떨린다 혈관이 팽창한다 안면근육
이 팽창한다 나는 불안과 공포에 떨며 각서를 쓴다
잘못했습니다 잘못했습니다 「9인이 따로」와 「9인이
동시에」를 동시에 폐기합니다 앞의 모든 시들을 폐
기합니다 다시 시작하겠습니다 목숨을 걸고 다시 출
발하겠습니다 제발 아무 일도 없었던 것으로 해주세
요

소년 시대, 단일 주체가 사라지는 방식에 대하여

이수명 시인

여기 한 권의 시집이 있다. 이것은 어떤 상상력, 어떤 수사, 어떤 언어적 기회, 어떤 사유와 그 사유의 극복이 존재한다는 것에 다름 아니다. 물론 더 많은 것들이 이야기될 수 있다. 어떤 아름다움, 어떤 형식, 어떤 호흡, 그리고 어떤 미지와 가능성 말이다. 한 권의 시집은 이와 같은 가시적인 것과 비가시적인 무수한 예술적 신호들을 품고 있다. 이 신호들 중의 일부가 특별히 강렬하거나 지속되는 것을 우리는 문학사를 통해 종종 목도한다. 즉 어떠한 시집의 고유함을 넘어 동시대나 이후 시대에 보편적인 것으로 확산되기도 하는 것이다.

함기석의 『국어선생은 달팽이』는 1998년에 나왔다. 이 시집을 펼치면 제일 먼저 느껴지는 것이 2000년대와의, 그리고 2010년대를 넘어선 현재와의 놀라운 친연성이다. 시간에 가속이 붙은 것처럼 감각이나 감수성이 하루가 다르게 급변하고 있기에, 2000년대를 16년 경유한 시점에서 1990년대의 시집을 보며 간극을 느끼지 않는다는 것은 신기한 일이다.

간극은커녕 이 시집은 현재와 동등한 감각의 포지션을 지니고 있다고까지 여겨진다. 1990년대가 아니라 최근에 간행된 것 같은 인상을 주고 있는 것이다. 물론 감각의 현재성이라는 것은 좋은 시라면 지녀야 될 기본적인 덕목이지만 이것은 사실 불가능에 가깝다. 시간이 지나면 모든 것은 시간의 그늘 아래 놓이며 역사가 되게 마련이다. 그러므로 함기석의 시에서 시간의 더께가 느껴지지 않는다는 것은 그의 시집이 그때나 지금이나 항상 현재형임을 시사한다. 아직도 현재의 시가 그의 감각을 읽고 공유하고 분배한다는 것이다.

이것을 이렇게 판단할 수 있다. 소수의 1990년대 시인들이 잠재적이고 근원적으로 2000년대 시인들의 상상을 자극하고 그들의 활로에 영향을 주었던 것에 비해, 함기석의 시는 보다 직접적이고 가시적인 선구의 역할을 한 것이라고 말이다. 감각의 활달함, 언어 놀이를 통한 은유와 환유의 분방한 결합, 미성년 퍼소나의 전면적 배치, 사물 세계의 화려한 등장, 기성세대나 질서의 조롱과 교란 등, 그의 시에 펼쳐져 있는 특징들은 최근의 시를 구성하는 주요한 테마들이다. 함기석 시의 이러한 성분은 마치 대기 중에 떠 있는 공기처럼, 지금도 사라지지 않고 실제의 역할을 해온 것이다. 너무나 자연스럽게 호흡된 공기 같은 것이었기에, 2000년대 미래파나 지금 우리 시의 넓은 바탕을 이루며 새로운 세대의 구체적인 피와 살을 형성해왔다. 이제 이것을 드러내어 좀 구체적으로 살펴볼 차례다.

1. 소년은 사물이다

시의 퍼소나가 성인이 아니라 미성년자로 바뀌기 시작한 정확한 시점을 가려내기는 쉽지 않다. 분명한 것은 1990년대 이전에는 미성년 화자가 등장하더라도 부분적이거나 예외적인 것이었다는 사실이다. 기성의 질서나 대타적 세계의 크기에 맞서기 위해서는 반성과 투쟁을 할 수 있는 성인이 설립되어야 했으며, 1970~80년대 시의 주체는 대부분 이러한 성인의 세계였다. 이후 세계의 크기가 작아지거나 영향력이 국소화되었다고 생각되었을 때 자아의 크기를 줄여나간 1990년대의 시에서 미성년 화자가 등장하기 시작한 것은 자연스러운 현상이다. 여러 시인의 시에서 이러한 작은 자아의 모습이 앞서거니 뒤서거니 나타나기 시작했다. 대표적으로 「빵 공장으로 통하는 철도로부터」 연작시에서 성인이 아니라 소년을 출현시킨 박상순의 시가 있다. 주지하다시피 박상순의 시에서 소년은 대개 고독하고, 고립적이고, 억압의 뉘앙스를 띠고 나타났다. 어둠에 긴박되어 있는 것이 박상순 시의 소년이 주는 비의성이 원인이다.

함기석의 『국어선생은 달팽이』를 펼치면 일단 박상순 시의 어둠은 존재하지 않는다는 것을 금방 알 수 있다. 그의 소년은 박상순의 소년과 여러 모로 구별이 된다. 박상순의 소년에 연원을 두고 전개되지만, 근본적으로 다른 소년이라 할 수 있다. 이 소년은 어떤 거리낌, 조건, 경계 같은 것이 없다. 단지 소년 자체다. 거침없이 전체다. 소년을 억압하는 사회도, 공동체도, 체계도 잘 느껴지지 않는다. 있다 해도 마치 단자와 같은 자족적인 소년을 일그러뜨리지 못한다. 소년은 도대체 결박되어 있지 않은 것이다.

어떻게 이런 소년이 출현했을까. 눈앞에서 종횡무진하게 되었을까. 아직 많은 것이 모호하고 맹아적인 1990년대에 이토록 선명한 소년이 생성된 것이 새삼스럽다. 소년은 망설임 없이 움직이고, 운동하고, 누추한 세계에 부딪쳐 튕겨오른다. 소년이 활발하기에, 사물들도 거의 전격적으로 소년에 반응한다. 세계는 놀라울 만큼 역동적으로 분주해진다.

소년의 주특기는 빠른 땅볼이다. 새를 기르던
소녀 앞에서 멋진 슛을 날리면 날릴수록
공은 늘 담장 위로 도망치며 소년을 배신했지만
소년의 꿈은 최고의 축구선수가 되는 거다 그래서

소년은 무엇이든 차버린다
소년은 책상을 찬다 책상은 발을 아파한다
소년은 국어책을 찬다 국어책은
교실 유리창을 깨고 겨드랑이에 떨어져 소년을
읽는다
소년은 시계를 찬다
시계는 손목에 떨어져 소년의 내일을 아파한다
하얗게 타들어 가던 겨울 하늘을 아파한다
불기둥 사이 예쁘게 발광하던 소녀를 아파한다
소년은 구두를 찬다 아니
구두가 소년을 차버리고 소년을 가둔다

소년은 힘껏 가난을 차버린다
가난은 골대에 정면으로 맞고 튀어나와
소년의 얼굴을 더 세게 때린다
코피를 닦으며 소년은 아빠를 차버린다

아빠는 포물선을 그리며 술병 속으로 똘 떨어진다

술병은 아빠를 아파한다 소년은 새벽마다

아빠의 늑골 사이에서 울려 나오는 삽질 소릴 아
파한다

술병 속으로 석탄을 실은 화물열차가 연달아 들
어가고

만취한 아빠는 비틀비틀 어두운 술병을 걸어나
온다

　　　　　　　　　　　　－「축구소년」 부분

방에 울고 있는 소녀가 있다

죽은 오빠의 사진을 들고 산수책을 들고

꽃병 속으로 들어간다 꽃병 속엔

오빠가 일하던 목욕탕이 있고 세탁소가 있다

꽃병 속으로 비가 내린다

소녀는 우산도 없이 걷는다

산수책은 눈처럼 녹아 손가락 사이로 흘러내리고

초록의 눈을 가진 나무들이

소녀의 뒤쪽으로 걸어가며 구구단을 왼다

— 칠칠은 목욕탕 칠팔은 세탁소

비가 그친다

소녀의 이마처럼 맑게 개는 하늘

세탁소 위에 무지개를 게워놓는다

죽은 오빠가 무지개에 앉아 하모니카를 불고 있다

소녀는 기뻐하며 무지개를 향해 뛰어간다

　　　　　　　　　　　-「사라진 소녀」 부분

　"소년의 주특기는 빠른 땅볼이다"로 시작하는 「축구소년」은 1990년대에 나타난 거의 최초의 탄성적 언어이다. 나이브하고 정서적인 시편들이 아직도 보편적이던 때에 이런 빠른 장면 전환의 시는 단절적 도약이랄 수 있다. 활달하고 속도감 있는 문체와 순간순간 굴절되는 이미지 전개 방식이 바야흐로 선보이기 시작한 것이다.

　내용으로 보면 이 시에 나오는 소년은 축구선수가 되고 싶어하는 평범한 소년이다. 그러기 위해 소년은 잡히는 대로 공처럼 차는 것으로 소일한다. 책상, 국어책, 시계, 구두 등 자신의 주변에 있는 것은 뭐든 가리지 않는다. 진술의 기본을 이루는 것은 소년이 축구를 하듯이 뭐든 찬다는 것이지만, 흥미로운 것은 목적어로 등장하는 사물들의 세계다. 소년의 차는 행위에 의해 비로소 사물들이 움직이기 시작한다. 그리고 이로써 세계는 드디어 모습을 드러내게 된다. 다시 말하면 소년의 출현으로 인해 사물의 세계가 가능해진 것이다. 이것이 함기석 시의 소년의 의의다. 소년은 사물에 근접해 있고, 사물의 직접성을 가능케 하며, 사물과 평등한 존재다. 소년은 곧 사물이다.

또한 소년과 더불어 소녀도 있다. 소녀는 소년과 구별되지 않는다. 서로 영향을 주고받는 인과적 관계가 아니라, 무차별하게 공존한다. 「사라진 소녀」에 나오는 소녀 역시 세계 속에 있기는 하지만 소년처럼 사물과의 어떤 경계선도 지우는 존재라 할 수 있다. 소녀는 죽은 오빠, 사진, 산수책, 꽃병, 목욕탕, 세탁소, 비, 우산, 나무, 하늘, 무지개, 하모니카 등의 사물들과 접촉한다. 때로 인접에 의해, 또 때로는 소유와 병행, 중첩에 의해 사물들을 건드리고 가시화한다. 소녀 자신을 전개하는 것이 바로 이렇게 사물들의 세계를 펼치는 것과 다르지 않은 것이다. 소녀는 사물 세계로 향하게 하는 열쇠와 같다. 소녀 역시 사물이다.

한마디로 함기석의 시는 소년이나 소녀가 출현하

는 시대를 여는 출발지라고 할 수 있다. 함기석 이전의 시에서 소년이 더러 모습을 보이기는 했지만, 아무 전제 없이 미성년자가 전면화되어 무대를 누빈 것은 함기석에 이르러서이다. 그의 시에서 소년이나 소녀는 직접적으로 전 방향으로 작용하면서 인간과 사물 세계를 휘젓고 다닌다. 세계의 위치나 질서를 거리낌 없이 흔들어대는 것이다. 소년이나 소녀를 제목으로 달고 있는 「거울 속의 소년」 「학교 가는 소년」 「죽음과 소녀」 「새장 속의 소녀」는 말할 것도 없고, 표제작인 「국어선생은 달팽이」를 위시하여 「짝사랑」 「사냥놀이」 「산수 시간」 등등 거의 모든 시에서 소년과 소녀는 스스럼없이 나타나 사물과 혼용된다. 따라서 함기석에게서 본격적으로 소년 시대가 개막되었다고 할 때, 그것은 사물의 시대가 열린 것과 다른 것이 아니었음을 염두에 둘 필요가 있다.

2. 소년은 허구다

사물로서의 소년은 주체의 성격에 중요한 변화를 초래한다. 이전의 성인들은 사유하고 판단하는 주체였으며, 그런 의미에서 이 세계에 관련된 존재였다.

세계 내 존재로서의 구속성을 지녔던 것이다. 이 주체는 다른 어떤 것이 아니라 바로 자신을 기준으로 삼아 세계를 모아들이고 통찰했다. 당연히 단일적인 중심을 가진 것이었다.

하지만 함기석의 소년에 이르면 이 단일성이 와해되는 것을 볼 수 있다. 소년은 소년 주체가 아니다. 소년으로서의 근거를 갖는 것이 아니며, 이전의 성인 주체들처럼 자신을 핵심으로 성립시키지 않는다. 무엇보다 반성하지 않는다. 따라서 주체라기보다는 소년이라는 상태, 그와 같은 일정한 상태로 세상에 출몰하는 것이라 할 수 있다. 이것은 이전처럼 이성적이지도 통합적이지도 않은, 단지 주체의 자리에 나타났다가 사라지는 존재다. 후세대 시인들은 주체가 되는 것이 아니라 단지 그 자리에 어른거리는 이 이형적 소년에게서 그들의 현재성을 발견했다.

이제 이전의 성인들이 독점했던 주체의 영역이 소년이나 사물들에게 평등하게 배분된다. 함기석의 소년이 단일 주체가 아니라는 것은 그의 시에서 소년이 사물과 더불어 나타날 뿐 아니라, 더 중요하게는 사물과 끊임없이 교환되는 까닭이다. 소년은 소년에 머무르지 않는다. 의미가 중심을 이루는 인간의 공간에 있는 것이 아니라 사물의 세계 속으로 들어가

는 것이다. 그곳은 인간의 구획이 사라지고, 단일 주
체 중심의 익숙한 질서가 다양하게 교란되어 있다.
그의 시에서 현실로 향하는 기성적인 긴장의 고리가
사라지게 만든 요인이다. 나아가 삶의 모든 억압에
대한 가정과 이에서 비롯되는 대결적 자세, 정서적
파토스도 가능하지 않게 된 까닭이다. 이런 것들이
사라진 그의 세계는 어떤 것일까.

무엇보다 질서와 경계를 무너뜨리고 있기에 소년
은 일종의 허구로 보인다. 소년이 사물로 걸어들어갔
을 때, 소년은 허구를 가동시키는 것이다. 삶에의 결
박을 찾아볼 수 없는 발랄한 허구 말이다. 사물들의
틈바구니에서 소년은 현실 세계의 논리가 작동하지
않는 무중력 상태에 놓여 있다. 소년은 여기에도 있
고, 동시에 저기에도 있다. 그러나 어찌됐든 현실의
입김이 미치지 않는 사물 속에 있다.

> 염소가 죽었다
> 소년은 염소의 시체를 끌어안고 눈물을 흘렸다
> 대문 옆 칠면조도 살구나무도 눈물을 흘렸다
>
> 소년은 살구나무를 업고 주전자 속으로 들어갔다
> 그곳엔 아름다운 풀밭이 있었다

소년은 풀밭에 누워 밤하늘을 바라보았다
구름이 달이 소년의 허리까지 내려와 웃어주었다
새들이 살구나무로 날아와 노래를 불러주었다
풀밭 끝에서 염소가 걸어왔다
소년을 무릎에 눕히고는 트럼펫을 불어주었다
빗자루에 관한 동화책을 읽어주었다
욕쟁이 빗자루 시집 못 간 빗자루
소년이 웃었다
살구나무가 웃었다

그사이, 엄마가 주전자를 들고 주방으로 갔다
주전자에 물을 부었다 뚜껑을 닫았다
가스레인지에 올려놓고는 불을 붙였다
새들이 비명을 지르며 주전자 밖으로 도망쳤다
구름도 달도 도망쳤다

끓고 있는 주전자 속에서
소년이 소리쳤다 살구나무가 소리쳤다
제발 불 좀 꺼주세요 밖에 아무도 없어요?
식구들은 아무도 알아듣지 못했다
아빠가 텅 빈 염소 우리를 불태우던 저녁
주전자 속에서 소년이 죽어가고 있었다

살구나무가 죽어가고 있었다

주목할 만한 시인데 그 이유인즉슨 이렇다. 염소
가 죽었고, 소년은 슬퍼서 주전자 속으로 들어간다.
주전자 속은 완전히 사물과 동물이 난립하는 세계
이다. 소년은 주전자 속에서 주인공이라기보다는 낯
선 세계에 들어선 이방인이어서 구름과 달이, 새들
이 다가와 웃어주거나 노래를 불러준다. 죽었던 염
소가 소년에게 걸어오기도 한다. 존재들의 경계가
사라진 허구 세계의 위무를 받는 소년은 결코 주체
의 자리에 있지 않다. 아니, 주전자 속에는 주체와 비
주체의 교체나 순환이 순서 없이 일어날 뿐이다. 여
기서는 모든 것이 서로를 에워싸고 교환된다.

소년은 이러한 세계에 매료된다. 주전자 속의 세계
로 귀의하는 것이다. 엄마가 물을 붓고 불을 붙일 때,
"제발 불 좀 꺼주세요 밖에 아무도 없어요?" 하고 소
리치다가 주전자 속에서 죽어가는 소년은 이제 엄마
가 있는 주전자 밖의 세계와 소통하지 못한다. 사물
들 속에서 완전히 사물의 세계에 속하게 된 것이다.
이 귀의는 대단히 인상적이다. 소년은 명백하게도,

이제 현실 세계가 듣지 못하고 알아보지 못하는 허구가 된 것이다. 이 단절이 함기석의 소년이 갖는 의미이다. 미성년 화자를 보편화시킨 것 외에도, 소년에 허구성까지 곁들인 것은 확실히 함기석의 고유성이라 할 것이다.

「주전자」는 특별히 주전자 안을 질서와 경계가 붕괴된 허구로 보여주지만, 이런 의미에서라면 함기석의 『국어선생은 달팽이』는 사실 시집 전체가 허구적 공간이라 할 수 있다, 시집 안에 쏟아져 있는 행위와 사건들, 장소와 시간들, 인물들은 현실에 기인하는 것이 아니다. 따라서 다음의 시에 나타난 상황은 잔인한 패륜이 아니다.

바람 따라 꽃들이 나무들이 흔들리는 가을밤 고양이 울음소릴 내며 흔들리는 가을밤 한 소년이 들어간다 포크와 나이프를 들고 걸어간다 만취해 잠든 아버지의 방으로 들어간다 검은 이빨 검은 손톱의 굶주린 소년, 소년은 아버지의 목덜미에 쇠 빨대를 꽂고는 빨아먹기 시작한다 아버지의 몸속 모든 피와 내장을 빨아먹는다 노오란 뇌수를 빨아먹는다 아버지의 육체 가득 흔들리는 강물과 구름을 빨아먹는다 아버지의 손과 귀와 성기를 토막토막 잘라 먹으며 악마처럼

웃는다 가을밤 창밖 은사시나무들이 미친년처럼 웃
고 있는 가을밤, 소년은 가죽 푸대처럼 쪼그라든 아
버지의 몸속 가득 톱밥을 채워 넣는다 솜과 벌레의
유충들을 채워 넣으며 박제를 만든다 박제가 된 아버
지를 둘러메고 마당으로 나간다 무덤을 판다 아버지
를 묻는다 피 묻은 포크와 나이프를 묻는다 달을 묻
고 밤하늘을 묻고 벌레 먹은 아버지의 일생을 묻는다
무덤 속에서 검은 파리 떼가 날아오른다 검은 나방들
이 날아오른다 소년의 머리 위를 맴돌다 어둠 속으로
날아간다 소년은 지붕 위로 올라간다 피 묻은 입술을
닦으며 소리 없이 운다 도려낸 아버지의 검은 눈알 두
개를 밤하늘에 던지며 울음 운다 다음날 아침 일찍
소년은 소풍을 간다 어린 당나귀와 함께 사과나무와
함께 소풍을 간다 언덕 꼭대기에 앉아 즐겁게 점심을
먹는다 당나귀가 맛있게 맛있게 만두를 먹는다 아버
지의 살코기로 만든 만두를 먹는다 소년은 구름을 먹
고 사과나무는 춤을 추며 춤을 추며 언덕을 뛰어다니
며 언덕을 먹는다

-「가을 소풍」 전문

이 시를 기성의 질서, 아버지에 대한 부정과 항거

로 읽는 것은 일단은 수긍할 수 있는 일이다. 소년이 만취한 "아버지의 목덜미에 쇠 빨대를 꽂고는 빨아 먹"는다든지, "아버지의 손과 귀와 성기를 토막토막 잘라 먹"는다든지, "아버지의 몸속 가득 톱밥을 채워 넣"고 "아버지를 묻는" 장면은 무어라 해도 가부장 이데올로기에 대한 단죄처럼 보이는 면이 있는 것이다. 시 속의 내용을 정보의 차원으로만 받아들이는 한 그렇다.

　　그러나 이를 너무 거창하게 생각하는 것은 전열을 잘못 가다듬는 것일 수 있다. 설령 가부장에 대한 부정이라고 해도, 그러한 기세를 효과적으로 운용하고 있다고 해도, 이것은 차라리 부정의 놀이를 하고 있는 것으로 보이기 때문이다. 초점은 놀이에 있다. 최근의 황병승이나 김민정의 분위기들이 닿아 있는 이 시는 후배 시인들의 시에서도 감각되듯이 현실적 맥락은 소거되고 거의 만화화되어 있는 쪽에 가깝다. 잔인한 엽기라기보다 놀이에 골몰하는 듯 보이는 것이다. 얼핏 보면 심각하고 진지해 보이지만 많은 것이 회화화되어 있다. "아버지의 살코기로 만든 만두"를 먹는 것은 "구름을 먹고" "언덕을 먹"는 것처럼 자연스러운 일이다. 이때의 먹는 행위를 실제적인 것으로 여기는 것만큼 난센스는 없을 것이다. 이것은 함

기석에게 단지 사물들끼리 벌이는 놀이 비슷한 것이
다. 소년이 사물이듯이, 구름이나 언덕이 사물이듯
이, 아버지도 사물이다. 사물들끼리의 대화와 교환
이 전면적으로 이루어지는 것이다. 따라서 이 시를
현실의 이데올로기를 끌어들여 가족이나 가부장적
권위에의 항거로 읽는다 하더라도 주의해야 할 것은,
이 항거가 언제나 놀이의 형태로 진행되며, 허구로
넘어가 있고, 허구의 놀이로 발생한다는 사실이다.

3. 소년은 언어다

소년이 들어선 사물의 세계는 허구의 세계이면서
한편으로는 언어의 세계다. 현실의 질서와 관계가 작
동하지 않는다는 의미에서 허구라 한다면, 이 허구
를 가시화시키는 것은 언어다. 소년은 언어와 더불
어, 언어를 움직여, 허구를 드러낸다. 소년이 사물이
된다는 것은 애초에 이러한 의미를 담고 있다. 사물
의 언어가 된다는 것이다. 소년이 바로 언어다.
함기석의 시에서, 소년이 인간 주체가 되어 사물
을 대상화시키는 언어를 사용하는 것이 아니라, 사
물에 속하여 말놀이를 하는 장면은 가히 도발적이

다. 말은 인간의 의지에 속하지 않고 인간과 분리되어 명랑하게, 스스로 작동하는 사물들의 편에 선다. 아니, 사물들이 스스로 작동하게 만든다. 사물들의 번복과 치환과 확산은 언어의 환유와 산개와 정확히 일치한다. 모든 사물이 평등하게, 경계 없이 넘나드는 마술 같은 장면을 재현하는 것은 말놀이의 언어다. 언어가 없었더라면, 이토록 활달하게 사물들을 흘러넘치게 할 방법이 있을까.

소년의 말놀이가 이 모든 것을 가능케 하는 것이다. 현실이 결락되는 곳에서, 사물과 허구의 세계에서, 언어는 지시를 벗어나 사물과 조응한다. 언어는 사물을 표상하는 것이 아니라 사물과 만나는 것이다. 이것은 전혀 새로운 관계이다. 사물이 언어가 되고 언어가 사물이 되는 경쾌한 소동이 따르는데, 이는 언제나 소년으로 현상한다. 이제 이전 시들에 깊이 내재되어 있던 주체의 무거운 침묵은 사라지고, 소년을 불러들이는 사물들이 왁자지껄하다. 사물들은 주체가 아닌 주어로, 단일 주체가 아닌 단지 무수한 주어로 실시간 빼곡하게 들어찬다.

소년은 매일 반복되는 단조로운 하루가 싫다
소년은 여러 가지 사물이 되어본다

190

변기는 일곱 시에 침대에서 일어난다

구두는 욕실에서 알몸으로 샤워를 한다

소년은 소년의 짝궁 바바를 싫어한다

바바는 물이 끓는 주전자 같다

바바는 언제나 펄펄 끓으며 화를 낸다

소년은 주전자 속에서 햄버거를 먹으며 중얼거
린다

바바는 물 빠진 주전자야

전화기처럼 울어대는 앵무새를 닮았어

소년은 주전자에서 나와 현관으로 간다

소년은 작문 숙제 학교 가는 소년이 걱정이다

소년의 얼굴이 어둡다 다리가 캄캄하다

소년은 무거운 가방을 들고 대문을 나선다

소년은 대문을 나서며 형용사를 바꾸어 본다

소년의 얼굴이 밝다 다리가 환하다

소년은 가벼운 가방을 들고 대문을 나선다

하루가 지겨운 소년은 하루가 즐거운 소년이
된다

소년은 환히 웃으며 하늘과 땅을 바꾸어 본다

갑자기, 자동차들이 하늘로 달리고

비행기와 새들이 땅속 깊은 곳으로 날아다닌다

구름은 땅으로 흐르고

나무와 꽃들의 뿌리는 허공으로 자라 오른다

소년은 콧노래를 부르며 하늘로 뛰어간다

구름 뒤로 파란 지붕의 학교가 보인다

소년은 하늘 꼭대기에 있는 교문으로 들어간다

정말 꿈만 같아! 외치며 소년은 교실로 들어간다

바바가 주전자를 노려보며 큰소리로 말한다

야 지각 대장! 오늘은 웬일로 이렇게 일찍 왔어?

소년은 천장을 가리키며 조용히 말한다

주전자는 주전자야

바바는 신경질을 내며 작문 숙제를 쓰기 시작
한다

학교 가는 소년은 잠꾸러기 지각 대장 내 짝꿍
염소

염소는 아침마다

구두를 신고 대문을 나선다

가방을 들고 대문을 나선다

염소는 대문을 나서며 동사를 바꾸어본다

염소는 아침마다

구두를 먹고 대문을 나선다

가방을 쓰고 대문을 나선다

염소가 사라진 빈방에서

창문과 물고기와 의자가 깔깔거리며 중얼거린다

미친놈, 오늘도 또 지각이겠군!

소년도 툴툴거리며 작문 숙제를 써나가고 있다

학교 가는 소년은 이상한 염소를 기른다

염소는 빨간 리본을 맨 드럼통처럼 뛰어다닌다

염소는 소화기보다도 고집불통이다

염소는 내숭쟁이 내 짝궁 바바다

다 쓴 소년은 학교 가는 소년을 들고 일어난다

바바에게 큰소리로 첫 줄과 끝줄을 동시에 읽어

준다

소년은 매일 반복되는 단조로운 하루가 싫다

-「학교 가는 소년」 전문

"소년은 여러 가지 사물이 되어본다"로 출발하는 이 시는 소년이 사물이 되는 것이 곧 언어의 놀이와 다름없다는 것을 보여준다. 즉 소년이 사물이 되면, "변기는 일곱 시에 침대에서 일어나"고, "구두는 욕실에서 알몸으로 샤워를 하"는 일이 벌어지게 된다. 소년이 사물 속으로 들어가서 언어의 질서와 위치가 바뀌게 된 것이다. 이것은 기존의 문장에서 "형용사를 바꾸어보"고, "동사를 바꾸어보"는 일과 다름없다. 말들의 대체를 통해 "구름은 땅으로 흐르고", "염소는 아침마다/구두를 신고 대문을 나서"는 문장이 늘어서게 되는 것이다. 따라서 소년이 사물이 되는 것이나 소년이 언어의 놀이로 나타나는 것이나 마찬가지임을 알 수 있다. 소년, 사물, 언어의 세 항이 동시에 움직이는 것이다. 아니 같은 운동에 놓여 있는 것이라 할 수 있다. 이들은 서로에게 일방적인 의미가 아니며, 고정적 위치가 아니다. 항상 움직이는 관계로 감지된다. 이제 전통적인 주체의 꼭짓점은 소거된 것이다.

> 당나귀 도마뱀 염소, 자 모두 따라 해!
> 선생이 칠판에 적으며 큰소리로 읽는다
> 배추머리 소년이 손을 든 채 묻는다
> 염소를 선생이라 부르면 왜 안 되는 거예요?
> 선생은 소년의 손바닥을 때리며 닦아세운다
> 창밖 잔디밭에서 새끼 염소가 소리친다
> 국어선생은 당나귀
> 국어선생은 도마뱀
> 염소는 뒷문을 통해 몰래 교실로 들어간다
> 선생이 정신없이 칠판에 쓰며 중얼거리는 사이
> 염소는 아이들을 끌고 운동장으로 도망친다
> 아이들이 일렬로 염소 꼬리를 잡고 행진하는 동안

국어선생은 칠면조

국어선생은 사마귀

선생이 창문을 활짝 열어젖히며 소리친다

당장 교실로 들어 오지 못해? 이 망할 놈들!

아이들은 깔깔대며 더욱 큰소리로 외쳐댄다

국어선생은 주전자

국어선생은 철봉대

염소는 손목시계를 풀어 하늘 높이 던져버린다

왜 시계를 던지는 거야? 배추머리가 묻는다

저기 봐, 시간이 날아가는 게 보이지?

아이들은 일제히 시계를 벗어 공중으로 집어던

진다

갑자기 아이들에게

오전 10시는 오후 4시가 된다

아이들은 기뻐하며 집으로 돌아가기 시작한다

선생이 씩씩거리며 운동장으로 뛰쳐나온다

그사이, 운동장은 하늘이 되고

시계는 새가 된다

바람은 의자가 되고

나무들은 자동차가 된다

국어선생은 달팽이!

국어선생은 달팽이!

하늘엔 수십 개의 의자가 떠다니고
구름 위로 채각채각 새들이 날아오른다
구름은 아이들 눈 속으로도 흐르고
바람은 힘껏
국어책과 선생을 하늘 꼭대기로 날려보낸다

　　　　　　　　　－「국어선생은 달팽이」 전문

　표제작으로서 이 시는 함기석 시의 발랄한 매력
을 한껏 발산하고 있다. "국어선생은 당나귀/국어선
생은 도마뱀"이라고 외치는 염소가 "뒷문을 통해 몰
래 교실로 들어"가 "아이들을 끌고 운동장으로 도
망"치는 장면은 케케묵은 언어의 사슬을 풀어버리
는 쾌감이 있다. 계속해서 이어지는 "국어선생은 주
전자/국어선생은 철봉대", "국어선생은 달팽이"라는
외침은 사물과 언어의 항이 늘 함께 움직이는 함기
석 시의 특징을 잘 보여주는 대목이다. 이렇게 항들
이 움직이면 고정된 것들이 마음껏 흔들리고 변형된
다. 이 거리낌 없는 운동이 호흡처럼 편하다. 국어선
생은 당나귀나 도마뱀, 주전자, 철봉대, 달팽이면서,
이것들에 멈추지 않는다. 이 모든 것이면서 항시 아
무것도 아닌 것이다. 단일 주체가 사라지는 방식이

이렇게 경쾌하다. 그리고 이것이 바로 소년 시대다.
함기석과 더불어 소년 시대가 활짝 열린 것이다.

** 이수명 시인의 책『공습의 시대 : 1990년대 한국시문학사』
(문학동네,2016)에 실린 글을 재수록함.

국어선생은 달팽이

2019년 1월 11일 1판 1쇄 펴냄

지은이	함기석
펴낸이	김성규
책임편집	김은경 조혜주
디자인	진다솜
펴낸곳	걷는사람
주소	서울 마포구 월드컵로16길 51 서교자이빌 304호
전화	02 323 2602
팩스	02 323 2603
등록	2016년 11월 18일 제25100-2016-000083호

ISBN 979-11-89128-24-1 (04810)
ISBN 979-11-89128-08-1 (세트)